polar
VERLAG

Jérémie Guez

Paris, die Nacht

Kriminalroman

Aus dem Französischen
von Cornelia Wend

Polar Verlag

Titel der Originalausgabe: Paris la nuit,

Deutsche Erstausgabe, 1. Auflage 2015
Aus dem Französischen von Cornelia Wend

Der Abdruck des Nachworts erfolgt mit freundlicher Genehmigung von Thekla Dannenberg.
Umschlaggestaltung: Detlef Kellermann, Robert Neth
Autorenfoto: Editions La Tengo
Gesetzt aus Adobe Garamond PostScript, InDesign
Druck und Bindung: CPI books GmbH, Leck, Deutschland
ISBN 978-3-945133-14-9

www.polar-verlag.de

Erstes Kapitel

Es fängt an zu regnen, regnet immer heftiger. Ich flüchte mich in einen Hauseingang, nur zwei Schritte von dem Gebäude entfernt, in dem ich aufgewachsen bin. Nicht um mich dort unterzustellen, sondern um meinen Atem zu beruhigen und meine Gedanken. Schweiß, vermischt mit Wasser, läuft mir übers Gesicht, in das die Angst sich tief eingegraben hat, diese allgegenwärtige Angst, die mein Gesicht zu einer absurden Fratze verzerrt hat, als trüge ich eine Maske, die mit zwei Widerhaken in meinem Nacken festhängt, deren Spitzen meinen Hals kitzeln. Ich muss mich beruhigen, einen klaren Kopf bekommen, aber ich weiß jetzt schon, dass ich das nicht schaffe. Meine Schläfen werden wie in einem Schraubstock zusammengepresst, ich zittere am ganzen Körper, ich habe meine Beine nicht mehr unter Kontrolle und spüre schon die Krämpfe kommen, als wäre ich auf Entzug, als hätte ich die Nacht durchgesoffen, dabei habe ich keinen Tropfen Alkohol getrunken … Ich bleibe in einem Hauseingang stehen und lehne mich gegen die Tür. Ich habe das Gefühl, dass dieses Stück Holz meine ganze Existenz stützt, nun aber Zentimeter für Zentimeter unter meinem Gewicht nachgibt.

Meine Augen füllen sich mit Tränen, und noch bevor ich sie mit dem Handrücken wegwischen kann, laufen sie mir brennend heiß übers Gesicht. Ich weiß nicht, warum ich weine, und das macht mir Angst. Ich schaue auf und sehe die Lichter der Hochbahn. Paris bei Nacht, es ist und bleibt ein göttlicher Anblick, dem man sich nicht entziehen kann, nach dem man sich immer wieder verzehrt. Ich bin erschöpft, irgendwo zwischen Schlafen und Wachen, aber mein Körper lässt nicht locker und der Kordit-Geschmack in meinem Mund will einfach nicht verschwinden. Ich habe mir meinen eigenen Sukkubus geschaffen, er sucht mich jede Nacht heim und richtet meine Seele zugrunde und ich stehe daneben und lasse ihn gewähren.

Ich versuche nachzudenken, eine Lösung zu finden, um diese verflixte Geschichte zu klären. In meinem Kopf geht es drunter und drüber. In einem Moment bin ich müde und niedergeschlagen, im nächsten spüre ich, wie eine diffuse, ungreifbare Mischung aus Zorn und Angst in mir aufsteigt. Dann verschwindet dieses diffuse Gefühl plötzlich und macht einer rasenden Wut Platz, die mir den Atem verschlägt und die Schwäche, die ich eben noch empfand, hinwegfegt, eine Wut, die mich so sehr beherrscht, dass ich nichts anderes mehr denken und empfinden kann, als dass ich alles um mich herum auslöschen möchte. Ich warte, bis ich wieder halbwegs die Kontrolle über mich selbst habe, bevor ich meinen Weg fortsetze und mich mit einem hastigen Blick versichere, dass mir niemand folgt.

Schon bald gelange ich auf diesen Boulevard, den ich nur allzu gut kenne, und erinnere mich daran, dass nur wenige Wochen zuvor hier alles seinen Anfang genommen hat. In diesem Moment, als wäre dieser Gedanke der Gipfel an Erkenntnis, wird mir klar, dass sich mein Leben hier abspielt und dass ich daran hänge, so gewalterfüllt und mittelmäßig es auch sein mag.

Alles beginnt an einem Freitagabend. Ich liege auf meinem Bett und rauche einen Joint, während mein Vater im Wohnzimmer fernsieht, den Ton auf volle Lautstärke gedreht. Ich nehme einen Zug und behalte ihn lange in den Lungen. Als ich den Rauch wieder ausstoße, gibt der Fernseher auf einmal keinen Ton mehr von sich. Ich höre, wie mein Vater aufsteht und die Tür aufmacht, man hört Stimmen in der Wohnung. Dabei erwarte ich niemanden und ich weiß, dass er auch niemanden erwartet. *Polizei* hallt es durch den Flur, der zu meinem Zimmer führt. Ich grinse. Goran klopft an meine Tür, bevor er eintritt.

Goran kenne ich vom Collège. Wir haben eine Menge Dummheiten zusammen gemacht, uns so manche Schlägerei geliefert und mussten dafür die eine oder andere Ohrfeige von den Erwachsenen einstecken, das hat uns zusammengeschweißt. Wir haben früh angefangen zu klauen, erst nur für uns, dann auch für andere. Von dem bisschen Geld, das dabei zusammenkam, haben wir begonnen, Gras zu kaufen, um es weiter zu verkaufen, dann ein bisschen Koks und Heroin, je nachdem.

Ich habe das Gefühl, dass wir in unserem Leben eigentlich exakt das Gleiche erlebt haben, die ersten Pornohefte, der erste Gewahrsam, die ersten Linien Koks und den bitteren Nachgeschmack, den man danach in der Kehle hat. Nichts, was mir passiert, ist ihm fremd. Wir müssen uns gegenseitig nichts erklären, wir spüren etwas oder spüren es nicht, das ist der einzige Unterschied, den wir machen.

Goran ist zwar nicht mein ältester Freund, aber mein engster. Er hat seinen Vater verloren, ich meine Mutter. Ich kann mich nicht entsinnen, je mit ihm darüber geredet zu haben, aber es hat sicher eine Rolle in unserer Freundschaft gespielt. Die Schule haben wir schon lange geschmissen. Wir machen nichts aus unserem Leben, wir sehen einfach nur zu, wie es langsam den Bach runtergeht, es ist uns egal.

»Na, hast du deinen Moralischen?«, ruft er, ohne mich anzusehen.

»He, Alter, ich bin k.o., ich habe keinen Bock auszugehen. Außerdem bin ich später noch mit Julia verabredet.«

»Na komm, wir drehen nur 'ne Runde.«

»Nein.«

»Und wenn ich dir ’nen kleinen Muntermacher spendiere?«

Er lächelt und schaut mich auffordernd an. Es reizt mich nicht sonderlich, jetzt einen auf dicke Hose zu machen … nicht heute Abend. Aber Goran zieht ein Tütchen Koks aus seinem Socken, und wir genehmigen uns jeder eine Messerspitze auf meinem Schreibtisch. Ich strecke mich, fahre mit dem Daumen über die Tischplatte und reibe mir kräftig das Zahnfleisch damit ein.

Beim Rausgehen werfe ich meinem Vater einen Gruß zu. Aber der Fernseher plärrt vor sich hin, und er hört mich nicht.

Ich schlage die Tür zu, und wir rennen die Treppe hinunter. Draußen ist nichts los, der Boulevard ist menschenleer, im Schein der Laternen sind nur ein paar Flittchen und ihre Zuhälter zu sehen, auf der Suche nach einem Dummen oder jemandem, der besoffen genug ist, auf ihre dämliche Masche reinzufallen.

»Du suchst also immer noch einen Job?«, fragt Goran.

»Nee, das nervt einfach nur. Wenn ich ab und zu ’nen Deal mache, kann ich mir ein bisschen was leisten. Ich will ja kein Boss werden, das wäre ’ne Nummer zu groß, aber ich komme klar und kann morgens aufstehen, wann ich will.«

»Das habe ich dir ja immer gesagt. Mach dir keinen Kopp, wenn es schiefgeht, hast du noch dein ganzes Leben Zeit, den Ladenschwengel zu spielen.«

Goran lacht los.
»Leck mich, du Arsch.«

Wir beschließen, Richtung Pigalle zu laufen, den grellen Lichtern entgegen. In Pigalle bei Nacht fühle ich mich immer wie im Zoo. Die Touristen kommen, um seine nächtliche Fauna zu bestaunen und stellen quasi wissenschaftliche Betrachtungen zum Leben der Nutten, der Zuhälter und der Koksdealer an, die vor den rammelvollen Clubs herumlungern und ihren Stoff verkaufen, den sie mit zu viel Puder gestreckt haben.

Wir beginnen unsere Tour durch die Bars. Unglücklicherweise weiß man durch das Koks in solchen ruhigen Momenten nicht, wohin mit seiner Energie, und egal, wie viel man trinkt, man wird dieses Gefühl einfach nicht los.

Schon bald beginnen alle Muskeln zu vibrieren, als würden ihnen ständig kleine Nadelstiche verpasst, und im Rhythmus dieser Vibration steigt die Angst in mir hoch. Ich fürchte, mein ganzer Körper könnte sich verselbständigen und mein Kopf könnte verrückt spielen. Hat man diesen Zustand erstmal hinter sich, kann das Koks einen merkwürdig abgeklärt machen.

Erst nach dem fünften Glas gelingt es mir, etwas zu relaxen. Ich will nach Hause, aber Goran schlägt vor, dass wir noch einen Abstecher ins 9. Arrondissement machen.

Wir gehen in die erste geöffnete Bar in der Rue des

Martyrs. Goran bestellt am Tresen zwei Whisky, und wir setzen uns mit unseren Gläsern in eine Nische im hinteren Teil des Lokals auf Bänke, die durch die Abnutzung so blank gescheuert sind, dass ihre rote Farbe kaum noch zu erkennen ist. Seit zehn Minuten haben wir kein Wort mehr gewechselt, wir hüllen uns beide in Schweigen, können uns nicht aus diesem Zustand der Lethargie lösen, in dem man sich selbst beim Leben zusieht.

Goran bricht das Schweigen.

»Was denkt wohl ein Typ an dem Tag, an dem er verrückt wird? Also ich meine, wenn er den Punkt überschritten hat, an dem es kein Zurück mehr gibt. Weißt du? Was sagt er sich, wenn er morgens aufsteht und merkt, dass er nicht mehr richtig tickt? Egal wie er es merkt, aber irgendwie merkt er es doch, er weiß, dass er von nun an ein Außenseiter ist, ein verdammter Psychopath, und er weiß, dass er nicht mehr zurück kann.«

Ich habe gar nicht die Zeit, über eine mögliche Antwort nachzudenken, denn er steht plötzlich auf. Ich sage nichts. Bestimmt bestellt er noch zwei Bier am Tresen. Ich schaue auf die Uhr, ohne dass ich wirklich versuche, die Uhrzeit zu sehen, dann schließe ich für einen Moment die Augen.

Erst durch das Stimmengewirr, das vom Eingang her zu mir dringt, löse ich mich aus meiner Erstarrung. Ich beuge mich vor, um zu sehen, was los ist. Der Barkeeper ist hinter seinem Tresen hervorgekommen, und hat sich zwischen Goran und zwei Typen in Lederjacken gestellt. Ihre Gesichter sind ausgemergelt, ihre Wangen durch exzessiven Alkohol- und Drogenkonsum eingefallen. Der Ton wird schärfer, Drohungen werden laut, die Stimmung ist aggressiv.

»Was willst du, du Arschloch? Komm, wir regeln das draußen.«

Ich ziehe mir schnell meinen Mantel über und werfe mich dazwischen. Sie rechnen nicht mit mir. Ich teile meine erste Gerade aus. Ich habe auf das Kinn gezielt, spüre aber, dass ich mit der Faust die Zähne des Typen getroffen habe. Er schwankt, bevor er mit einem Höllenlärm gegen den Tresen prallt und mit dem Kopf auf den Boden knallt, nachdem ich ihm einen heftigen Tritt ins Gesicht verpasst habe.

Goran hat sich schon auf den Zweiten gestürzt, ihm einen Kopfstoß verpasst, woraufhin der mit gebrochener Nase nach hinten kippt. Der eine ist ohnmächtig, der andere hält sich schützend die Hände vors Gesicht und bettelt, dass wir aufhören sollen. Ich drehe mich zu meinem Freund um, um zu sehen, ob er etwas abbekommen hat. Er hat feuchte Augen, seine Mundwinkel sind weiß, sein Gesicht ist knallrot vom Blut, das ihm zu Kopf gestiegen ist, und vom Adrenalin.

»Wir sollten abhauen«, zische ich ihm zu.

Kaum sind wir draußen, hält direkt vor unserer Nase ein Wagen mit Blaulicht und Sirene. Vier Bullen stürzen heraus. Goran rennt los, noch bevor sie gesagt haben, wir sollen uns nicht von der Stelle rühren. Ich bleibe lieber stehen, wir können sie sowieso nicht abhängen, und ich will vermeiden, dass sie ihre Wut an mir auslassen. Ich weiß aus Erfahrung, dass die Bullen noch ihre letzten Atemreserven mobilisieren, um einen festzunageln. Und die Aussicht, die Nacht mit blutverschmierter Fresse in der Arrestzelle zu verbringen, reizt mich nicht sonderlich.

»Gegen die Wand, Idiot.«

Sie durchsuchen mich. Ich stöhne und schnappe nach Luft, als dieser Arsch von Zivilbulle mir brutal die Eier abtastet. Aber ich halte lieber die Schnauze, er hätte es nur zu gerne, dass ich den Mund aufmache.

Zwei andere Bullen haben Goran geschnappt und ihm Handschellen angelegt. Sie zwingen ihn, sich auf den Boden zu setzen.

»Nicht von der Stelle rühren«, befiehlt einer der beiden.

»Wie soll ich bitte abhauen mit den Eisen, du verdammter Huren…«

Ein Fußtritt in die Seite hindert ihn daran, seinen Satz zu beenden, und bringt ihn zum Schweigen. Die anderen Polizisten treten jetzt ebenfalls auf ihn ein. Der, der auf mich aufpasst, blickt voller Neid auf seine Kollegen, die jetzt mal so richtig die Sau rauslassen können, und ist für einen Moment abgelenkt. Den nutze ich, um ihn mit einem Fußtritt umzustoßen, ohne lange zu überlegen, einfach nur, weil ich es nicht ertrage, dass sie Goran verdreschen. Und schon stürzen sie sich auf mich, mähen mir die Beine weg, und ich knalle mit dem Kopf auf das Pflaster.

Sie schleifen mich in den Wagen und werfen mich auf den Boden vor der Rückbank. Sie machen sich nicht extra die Mühe, einen Transporter anzufordern, dann hätten wir es auf dem Weg zur Wache ja zu bequem gehabt. Sie begnügen sich damit, einen zweiten Wagen zu rufen, damit sie uns separat abtransportieren können. Der, den ich umgehauen habe, drückt mir die Sohlen seiner Ranger Boots ins Gesicht. Er hat die Handschellen so eng gezogen, dass mein Blut nicht mehr zirkulieren kann. Meine Handgelenke tun mir weh, ich fühle meinen gesamten Körper nicht mehr richtig, während ich eingequetscht auf dem Wagenboden liege. Ich habe eine Platzwunde an der Braue, das Blut läuft mir in die Augen.

Als wir auf der Wache ankommen, nimmt man mir die Handschellen ab. Dann reihe ich mich in die Schlange vor einem Schreibtisch ein, reibe mir die blau angelaufenen Handgelenke, die immer noch wehtun. Nachdem sie meine Taschen ausgeleert, meinen Gürtel abgezogen und die Schnürsenkel aus den Schuhen gezerrt haben, führen sie mich in den Gang mit dem Zellentrakt. Es riecht säuerlich, der Gestank von Blut, Schweiß und Urin mischt sich mit dem Chlorgeruch des Desinfektionsmittels, mit dem die Böden und Wände der Gefängnisse regelmäßig besprengt werden. Dieser ekelhafte Geruch ist mir nur allzu bekannt. Der Aufseher bringt mich zu einer der Zellen, die alle gleich aussehen. Die einzige Frage, die ich mir stelle, ist, mit wem ich wohl zusammen eingeschlossen werde. Letztes Mal hat so ein gestörter Idiot mich am Schlafen gehindert, weil er unbedingt die ganze Nacht gegen die Stäbe hauen musste. Wenn ich ihn anbrüllte, hörte er auf, aber kurz darauf begann er wieder mit dem Lärm.

Ich trete durch die Gittertür. Die Tür fällt hinter mir zu, Metall kracht auf Metall. Goran ist schon da, sitzt mit dem Rücken gegen die Mauer gelehnt. Er sieht mich geistesabwesend an, bevor er lächelt.

»Ich glaube, diese Arschlöcher schulden dir die Kosten für die Reinigung.«

Erst jetzt schaue ich an mir herunter und stelle fest, dass meine Klamotten blutbefleckt sind. Im vergangenen Monat verbrachte ich einmal zehn Stunden in Gewahrsam mit einer blutenden Nase, und als ich morgens frei gelassen wurde, ging ich direkt zu einem Vorstellungsgespräch wegen eines Jobs, mit einem blauen Auge und einer Nase, die auf das Doppelte ihres normalen Umfangs angeschwollen war. Ich sehe noch die entsetzten Augen der Sekretärin vor mir, als ich zur Anmeldung in ihr Büro kam.

Abgesehen von uns beiden ist nur ein anderer Häftling in der Zelle, ein junger Kerl, der sich in einer Ecke des Raums zusammengekauert hat und vermeidet, uns anzusehen. Ich setzte mich neben Goran und schnappe mir auf dem Weg zu ihm die fettige, zerfranste und teilweise zerrissene Decke, die auf dem Boden liegt und die keiner anzufassen wagt, aus Abscheu vor den schmutzigen Händen, die sie begrapscht haben.

Jemand, der hier zufällig reingerät, der Bullen und Gefängnisse nur aus dem Fernsehen kennt und denkt, er habe mit all dem nichts zu tun, weil er sich bloß nach einem feuchtfröhlichen Abend oder einem anderen Missgeschick zwischen all den anderen auf der Wache wieder findet, fasst diesen Fetzen bestimmt nicht an, selbst wenn ihm kalt ist. Denn wer ihn anfasst, akzeptiert damit zugleich diesen dürftigen Komfort und macht sich gemein mit denen, für die diese Käfige erfunden wurden, weil sie es nicht schaffen, sich in die Gesellschaft einzufügen. Und das ist auch der Grund dafür, weshalb so jemand, nachdem der Wärter die Tür hinter ihm geschlossen hat, am liebsten schreien würde, er sei doch nicht verrückt, es müsse sich um ein Missverständnis handeln, und das Recht würde hier mit Füßen getreten. Aber das ändert nichts. Er ist dazu verdammt, und sei es nur für eine Nacht, diese soziale Degradierung zu erdulden, die darin besteht, einen Mann einzusperren, weil er einen Fehler begangen hat. Aber er wird niemals darüber hinwegkommen, dass er für eine Nacht mit den Leuten, die diese Zellen bevölkern, in einen Topf geworfen wurde.

Ich schlafe auf dem feuchten Boden ein.

Wenige Stunden später wache ich auf, weil mir kalt ist. Der Kerl hat mir meine Decke geklaut. Ich stehe auf, mache ein paar Schritte in seine Richtung, er merkt es nicht.

»He, was macht du denn da mit meiner Decke?«

Er zuckt zusammen und starrt vor sich hin, versucht, einen bestimmten Punkt im Raum zu fixieren, in der Hoffnung, meinem Blick ausweichen zu können.

»Verdammt, antworte gefälligst, du kleiner Idiot.«

Er zittert, blinzelt, beißt die Zähne zusammen, damit er nicht gleich anfängt zu heulen. Der ist garantiert das erste Mal auf der Wache gelandet, das sieht man ihm an. Ich fühle mich ein paar Jahre zurückversetzt, erinnere mich, wie ich damals zum ersten Mal einkassiert wurde und angekettet neben den anderen in der Wanne hockte, und sie mir kumpelhafte Knüffe versetzten, damit ich aufhöre zu heulen.

»Warum bist du hier?«, frage ich ihn, von plötzlichem Mitgefühl überkommen.

Sein Mund öffnet sich, aber er bringt keinen Ton raus. Er weiß, dass er heulen muss, wenn er etwas sagt, und das will er nicht.

»Na komm, nächstes Mal passt du auf, dass sie dich nicht kriegen.«

Ich lasse ihm seine Decke, will ihm nicht noch mehr zusetzen, er ist schon fertig genug.

Um die Mittagszeit lässt man uns raus. Ich wusste ja, dass der Inhaber der Bar uns nicht anzeigen würde. Ich hole als Erster meine Sachen ab, setze mich auf die Stufen vor dem Eingang und warte auf Goran. Währenddessen schaue ich mir das Kommen und Gehen der Bullen an, die mich anglotzen, als wollten sie sagen: »Du kannst mich mal, du Idiot.«

Endlich taucht Goran auf, er würdigt mich keines Blickes und geht einfach so über die Straße. Ich starre ihm hinterher, völlig baff, dann schreie ich: »Goran, was soll der Quatsch, verdammt noch mal?«

»Komm, wir fahren nach Belleville, die Kumpels treffen«, antwortet er mir.

Es ist Markttag. In der Straße herrscht ein einziges Geschrei, die Stände stehen dicht gedrängt nebeneinander, Kinder schlängeln sich hindurch, um Früchte zu klauen. Haben sie etwas ergaunert, rennen sie weg und die Alten, die sie dabei fast umrennen, schicken ihnen Verwünschungen hinterher.

Wir betreten die erste Kneipe, die wir sehen. Sie ist proppenvoll. Rund um den Tresen starren alle gebannt auf den Fernsehschirm, wo gerade ein Pferderennen gezeigt wird. Ich verdrücke mich auf die Toilette und lasse das kalte Wasser eine Weile laufen, bevor ich es mir mit beiden Händen ins Gesicht spritze. Als ich ohne zu überlegen den Kopf hebe, bemerke ich, etwas unscharf, mein Spiegelbild im schmutzigen Spiegel. Ich versuche die letzten Blutspuren von meinem Gesicht zu wischen. An Stelle meiner Augenbraue befindet sich eine violette Schwellung, die mein halbes Auge bedeckt. Meine Faust ist ebenfalls geschwollen und von kleinen, gleichmäßigen Einkerbungen übersäht, die Zahnabdrücke des Kerls, den ich umgehauen habe.

Ich gehe zurück ins Lokal. Goran ist es gelungen, einen Platz zu finden. Er winkt mich heran. Ich lasse mich ihm gegenüber auf einen Stuhl fallen und bedanke mich, dass er mir einen Kaffee ausgibt. Er kippt seinen schnell runter. Dann geht er raus auf den Boulevard, auf der Suche nach einer Telefonzelle.

Ich bleibe sitzen, beobachte die Leute, die am Schalter Schlange stehen, auf Pferde wetten, zerknitterte Geldscheine aus ihren Taschen ziehen und gegen einen Beleg eintauschen. Es sind fast nur Ausländer hier. Sie wirken entspannt, fast meint man, sie wären fröhlich. In ihren Gesichtern, auf denen gerade mal keine Sorgenfalten zu sehen sind, kann man ein und dieselbe Hoffnung erkennen: Sie wollen einen Haufen Schotter gewinnen und die Biege machen, alles verjubeln, ihre Frau sitzen lassen, mitsamt der Kinder, und dem ganzen Scheiß entfliehen. Aber wenn sich unsere Blicke kreuzen, dann ziehen sie auf einmal ein schiefes Gesicht und hadern damit, dass sie sich zu so einer billigen Hoffnung hinreißen ließen. In dem Moment wird ihnen klar, dass dieser Fetzen Papier, den sie gerade gekauft haben, ihnen nichts weiter bringen wird, als noch mehr Frustration.

Aber gleich geht das Rennen los und es ist zu spät für

Zweifel. Schon drängen sie sich um den Fernseher. Sie reden miteinander, rufen sich gegenseitig laut etwas zu. Manchmal stehen sie auf, um ihre Freude zu zeigen oder ihrer Enttäuschung Luft zu machen, und starren die ganze Zeit wie besessen auf die Pferde, die über den Bildschirm galoppieren.

Und dann ist es vorbei. Alle setzen sich wieder hin und schenken dem Ticket, das sie vor wenigen Minuten noch so sorgsam gehütet haben, keine Beachtung mehr. Ihr Blick geht ins Leere, sie denken an all das, was sie geopfert haben, um hierher zu kommen, und versuchen sich zu entsinnen, was sie dazu getrieben hat, ihre Heimat zu verlassen. Sie beginnen, Frankreich zu verfluchen, in das sie so große Hoffnungen gesetzt hatten, wo ihnen aber nichts geschenkt wurde, anders als da, wo sie herkamen. Ich erkenne meinen Vater in allen diesen Leuten wieder. Sie wissen nicht, wohin mit ihrer Melancholie und ihrer Sehnsucht und schaffen es nicht mal, Französisch zu sprechen. Sie sitzen einfach nur da, verbringen den ganzen Tag im Café und brüten über ihren ach so lieben Enttäuschungen, erzählen sich gegenseitig irgendwelchen Quatsch und hätscheln ihr Unglück, wie ein krankes Kind, dem man sanft über den Kopf streicht. Ich verachte sie, weil sie dumm sind. Sie kapieren nicht, dass sie niemals im Lotto gewinnen werden, weil nie jemand gewinnt.

Goran kommt rein mit den anderen. Sie fangen an zu lachen, als sie meine Visage sehen.

»Daran ist dieser Idiot schuld, ich hab gar nichts gemacht. Wir sind nur wegen ihm eingebuchtet worden. Und dann hat er auch noch versucht, sich zu verdrücken, und ich habe an seiner Stelle eine reingekriegt«, rechtfertige ich mich mit säuerlicher Miene.

»Jedenfalls haben die Arschlöcher gut gezielt«, fährt Trésor fort.

»Lass uns lieber das Thema wechseln, der versteht heute keinen Spaß«, sagt Goran grinsend.

»Verdammt, das ist echt nicht lustig. Ich wollte eigentlich zu Julia und stattdessen hänge ich auf der Wache rum. Warum musstest du auch mit diesen Typen Streit anfangen?«

»Bilde dir bloß nicht ein, du könntest mir irgendwelche Lektionen erteilen.«

»Versetz dich doch mal an meine Stelle, Mann. Ich hatte dir gesagt, ich will nicht so spät zurück, sie wartet auf mich. Und dir war das scheißegal. Du hast dich einfach dumm gestellt, und was hat mir das eingebracht? Ein verdammtes blaues Auge und eine Nacht hinter Gittern.«

Der Ton wurde schärfer.

»Ihr macht euch langsam lächerlich, man könnte meinen, ihr wärt zwei dreizehnjährige Wichser«, unterbricht Nathan uns, der die ganze Zeit schon neben uns steht.

Sein Gesicht zeigt keinerlei Regung. Es ist nicht so, dass er sich darum bemüht, besonders cool zu erscheinen, er hat einfach im Laufe der Zeit die verschiedenen

Gesichtsausdrücke verlernt, die jedem Menschen von Kindheit an beigebracht werden. Selbst wenn er lacht, lachen seine Augen nicht mit. Ich fand das immer unheimlich.

»Wolltest du nicht gestern zu deinem Bruder?«, frage ich ihn.

Er nickt.

»Geht's ihm denn gut?«, frage ich weiter.

»Ja, geht schon, er ist noch am Leben«, stößt er hervor, in einem Ton, der klarmacht, dass er dieses Thema nicht vertiefen will.

»Wie lange ist er schon drin?«

»Zwei Jahre … über vier muss er noch absitzen«, sagt Nathan, und man hat das Gefühl, ihm jedes Wort einzeln aus der Nase ziehen zu müssen.

»Na, in zwei Jahren kann er doch raus, wenn er auf gute Führung macht«, erklärt Trésor und wirft ihm einen Blick zu.

Nathan antwortete nicht.

Wir verlassen das Café. Draußen ist es stürmisch. Mir reicht es für heute. Ich bin k.o., ich will mich waschen und ein wenig schlafen. Ich verabschiede mich, sie versuchen nicht, mich zurückzuhalten. Ich drücke Goran die Hand und sage:

»Du schuldest mir noch was, du Arsch.«

»Keine Sorge, ich mach das wieder gut«, verspricht er mit einem Lächeln auf den Lippen.

Ich schlage den Nachhauseweg ein. Kaum bin ich

zwanzig Meter gelaufen, höre ich eine Stimme hinter mir: »Abraham, warte auf mich!«

Ich hasse meinen Vornamen. Diese Silben zu hören, ist eine echte Marter für mich. Abraham, der Name eines Propheten, für einen Typen, der keinen Abschluss hat und lieber Drogen verkauft, als sich einen Job zu suchen. Ich drehe mich um, sehe meinen Vater, beladen mit Einkaufstüten.

»Abraham, du hattest mir was versprochen. Du hast gesagt, du wolltest heute Morgen die Einkäufe übernehmen.«

»Ich weiß, Papa, aber es ist was dazwischen gekommen.«

Er starrt kurz in mein lädiertes Gesicht, bevor er irgendetwas Unverständliches auf Arabisch vor sich hinschimpft. Ich nehme ihm seine Sachen ab, und wir gehen zusammen weiter, nebeneinander her, ohne ein Wort zu sagen.

Als wir vor unserem Hauseingang ankommen, springe ich die Treppe hoch, mein Vater kommt nicht hinterher. Ich öffne die Tür zu der kleinen Wohnung, in der wir zusammen wohnen, stelle die Einkaufstüten auf dem Küchentisch ab und gehe in mein Zimmer. Dort strecke ich mich auf der Matratze aus, starre kurz an die Decke, die durch die Feuchtigkeit lauter Risse hat, bevor ich die Augen schließe und sofort einschlafe.

Ich erwache am späten Nachmittag mit einem

Brummschädel, mein Auge macht sich auch wieder bemerkbar. Ich muss frische Luft schnappen. Ich kündige meinem Vater an, dass ich ausgehe und heute Abend nicht nach Hause komme. Er nickt nur und starrt dabei weiter auf den Fernseher.

Zweites Kapitel

Ich warte zehn Minuten an der Ecke und versuche, sie im Strom der Studenten auszumachen, die aus der Uni kommen und sich auf dem Bürgersteig verteilen. Ich hasse die Gegend auf dem linken Seine-Ufer. Da laufen lauter aufgeblasene Idioten rum, die sich wer weiß was auf ihr müßiggängerisches Leben einbilden, dabei sind sie bloß Bonzenkinder, die die Kohle ihrer Eltern für LSD verpulvern. An der Sorbonne wimmelt es nur so von solchen Typen, und deshalb hole ich Julia dort auch nicht gern ab. Ich fühle mich inmitten dieser Leute unwohl mit meiner Ganovenvisage. Sie weiß also, dass ich an der Ecke stehe, wenn ich auf sie warte.

Völlig in Gedanken versunken sehe ich, wie sie auf mich zustürzt und sich neben mir aufbaut, ohne ein einziges Wort zu sagen. Sie guckt mir direkt in die Augen, spöttisch, bevor sie die Lippen spitzt, um mir einen Kuss zu geben. Ihre Hand berührt flüchtig mein geschwollenes Augenlid. Der Duft ihrer dicken, kastanienbraunen Haare, der Kontakt mit ihrem Körper, als sie sich an mich drückt, versetzen mir einen Stoß, ein plötzlicher Schmerz durchfährt mich, ein Stich, der mich im Nacken und im Unterleib trifft. Sie flüstert mir ein paar Sätze ins Ohr. Ich weiß nicht so genau, was sie mir da erzählt, und ehrlich gesagt ist es mir auch scheißegal. Sie macht mich fertig, ich finde das nicht mehr witzig, aber ich habe nicht die Kraft, sie abzuwehren.

»Entschuldige wegen gestern Abend.«

Mehr sage ich dazu nicht, ich versuche nicht, ihr irgendwas vorzulügen, meine Visage und meine Haare, die immer noch voller Blut sind, würden mich so oder so verraten.

Wir gehen zu ihr, in eine kleine Wohnung im Quartier Latin, die ihre Eltern für sie gemietet haben.

Julia schlägt vor, dass wir ausgehen und im Restaurant essen. Ich würde gerne ja sagen, aber ich habe kein Geld, um mir eine Mahlzeit zu leisten. Als könnte sie meine Gedanken lesen, erklärt sie mir, sie würde mich gerne einladen. Ich möchte nicht, dass sie für mich bezahlt, ich finde das erniedrigend und versuche, es ihr zu erklären. Aber sie springt schon auf und zieht sich um.

»Wie sehe ich aus?«, fragt sie mich, bevor wir losgehen.

Schön, furchtbar schön, aber ich behalte diesen Gedanken für mich.

Wir gehen in ein schickes Restaurant in ihrem Viertel. Das Lokal ist ausgebucht, aber der Kellner erspäht noch einen freien Tisch für uns, hinten in der Ecke.

Julia trägt ein leichtes Kleid, als sie vorbeigeht, heben die Männer den Blick von ihrem Teller und verschlingen ihre Kurven mit den Augen. Dann werfen sie einen überraschten Blick auf ihren Begleiter, dessen Gesicht deutliche Spuren einer Schlägerei trägt, der nervös neben ihr herläuft und einen deutlichen Kontrast zu der luftigen Erscheinung bildet, die sie zuerst wahrgenommen haben. Sie gucken mich schief an, als wäre ich ein Zuhälter, der nach einer harten Arbeitswoche sein schönstes Mädchen belohnt. Aber das gefällt mir, ich mag es, ihren Neid zu spüren, und wie sie es zutiefst bedauern, ein solches Mädchen an meinem Arm zu sehen.

Kaum sitzen wir, bestellt sie Wein. Sie trinkt nicht viel und ich leere die Flasche zügig.

»Wie war es an der Uni?«, frage ich sie, belebt durch den Alkohol.

Sie legt mir ausführlich ihren Tag dar, aber ich bin nicht in der Lage, ihren Erzählungen zu folgen. Ich sehe sie an, benebelt vom Wein, und lasse zu, wie eine sanfte Melancholie von mir Besitz ergreift.

»Du hörst mir nicht zu, das sehe ich an deinen Augen.«

Ich lächele, unfähig irgendetwas zu antworten.

»Was ist gestern Abend passiert, wo hast du dir das blaue Auge geholt?«

Dieses Mal antworte ich ohne zu zögern.

»Ein Freund von mir hat mit ein paar Typen eine

Schlägerei angefangen. Am Ende haben sie uns auf die Wache mitgenommen.«

»Was für ein Freund?«

»Du kennst ihn nicht.«

»Ich kenne keinen von deinen Freunden, du lehnst es ja ab, sie mir vorzustellen …«

»Das stimmt nicht, es ist nur so … das ist nicht der richtige Umgang für dich.«

»Du denkst wohl, ich wäre noch ein kleines Mädchen, was?«

»Hör zu, Julia, es ist mir so was von egal, ob du die beleidigte, verzogene Göre spielst. Ich stelle dir vor, wen ich will, und ich werde mich nicht dafür rechtfertigen.«

Ich bin laut geworden. Sie hebt die Hände hoch, als würde sie sich ergeben.

»Schon gut, schon gut, hat der Junge wenigstens einen Vornamen?«

»Ja, er heißt Goran.«

Ich füge hinzu, murmele es eher vor mich hin, dass es wohl niemanden auf der Welt gibt, den ich besser kenne als ihn.

Als wir das Restaurant verlassen, ist es immer noch genauso heiß, und mein Schädel brummt. Kaum sind wir in ihrer Wohnung, lasse ich mich aufs Bett fallen und Julia legt sich neben mich. Als sie mir mit der Hand durch die Haare fährt, bin ich in Gedanken schon ganz wo anders, weit, weit weg von ihr. Da ich nicht reagiere, beschließt sie, mit ihren eiskalten Fingern meinen Nacken rauf und runter zu wandern. Es macht ganz plötzlich Klick. Ich spüre, wie ihr fester Körper sich gegen meinen presst und wie mich vom Kopf bis in meine Lenden hinein ein wildes Verlangen packt. Ich sage mir, dass ich nicht auf diese Art meine ganze Wut abreagieren sollte, aber es ist schon zu spät. Wir haben zwei Mal hintereinander Sex. Am nächsten Morgen scheucht sie mich mit einem Kuss aus ihrer Wohnung, bevor sie wieder zur Uni geht.

Ich entschließe mich, zu Fuß zurück in mein Viertel zu gehen. Ich komme am Louvre vorbei und beobachte das Touristengewimmel vor dieser beknackten Pyramide. Erste Schweißtropfen rinnen mir übers Gesicht, als ich die Avenue de l'Opéra hinauflaufe. Der Lärm und die Sonne, die mir auf den Nacken knallt, machen den Spaziergang zu einer Strapaze. Bei Saint-Lazare nehme ich dann lieber die Metro. An der Station Jules-Joffrin steige ich aus und gönne mir einen kleinen Joint in der Sonne auf einer Bank im Square Léon. Das Gras tut mir gut und ich setze meinen Weg mit einem breiten Grinsen auf dem Gesicht fort. Ich komme zu Hause an, es ist keiner da. Ich gehe in mein Zimmer, schließe die Tür und stecke meine Hand unter die Matratze, um einen kleinen Plastikbeutel mit Druckverschluss hervorzuholen. Darin befinden sich ungefähr drei Gramm Koks. Ich öffne das Beutelchen, verteile den Inhalt auf einer CD-Hülle und teile den kleinen weißen Haufen mit Hilfe einer Telefonkarte in zwei Portionen auf. Die eine schiebe ich in einen zweiten Beutel, den ich unter meinen Eiern verstecke, den Rest tue ich wieder unter meine Matratze und ziehe los.

Ich möchte nur ein bisschen frische Luft schnappen, aber ich will auch nicht verpassen, ein paar Scheine abzugreifen, wenn die Gelegenheit sich bietet.

Ich bleibe eine Weile unten vor dem Gebäude stehen und schaue zu, wie die Kinder auf der Straße Fußball spielen. Mütter schreien irgendetwas aus den Fenstern. Ich sehe mir die armen Wichte jeden Alters an, die den Gehweg in Beschlag nehmen. Hier bin ich geboren, mein ganzes Leben habe ich an diesem Ort verbracht. Lange dachte ich, das Leben wäre nun einmal so, ein einziges Chaos. Erst als ich älter wurde, erkannte ich, dass der Lärm zur Armut gehört. Diese Wut, die immerzu am Köcheln ist, entsteht durch den Mangel an Bildung, durch Gewalt und das völlige Fehlen von Intimsphäre. Da, wo ich herkomme, leben alle zusammen in einem Zimmer, in Wohnungen, deren Wände so dünn sind wie Zigarettenpapier. In meiner Straße ist es unmöglich, Ruhe zu finden, und wir wachsen alle so auf.

An all das denke ich, während ich losgehe. Ich treffe ein paar Bekannte, quassele ein wenig mit ihnen und versäume es auch nicht, ihnen was von meinem Schnee anzubieten. Alle sagen, sie hätten gerade keinen Bedarf.

Es ist schon später Nachmittag, und ich denke, ich sollte lieber nach Hause gehen. Trotz des Abends mit Julia steckt mir immer noch die Nacht im Knast in den Knochen. Ich spüre, wie die Entzugserscheinungen kommen. Meine Hände beginnen zu zittern, und mein gesamter Körper wird von Krämpfen geschüttelt. Ich habe kein Verlangen nach gar nichts, verspüre weder Hunger noch sexuelle Begierde. Das Einzige, was mich antreibt, ist, meinen Stoffwechsel in den Griff zu bekommen oder was nachzulegen, am besten, indem ich mir eine Whiskyflasche an den Hals setze, damit diese kalten Schweißausbrüche endlich aufhören. Ich habe einen bitteren Geschmack im Mund und mein gesamter Körper verströmt einen säuerlich-muffigen Geruch.

Ich weiß, dass ich das alles ausschwitzen muss, wenn ich gut schlafen will und vermeiden möchte, mitten in der Nacht aufzuschrecken, weil mir lauter Fledermäuse im Kopf herumspuken. Ich setze meinen ziellosen Weg Richtung Osten fort. Ich gelange zum Boulevard de la Chapelle und gehe weiter Richtung Metrostation Stalingrad. Ich bin den ganzen Tag gelaufen, aber es gelingt mir nicht, mich komplett zu verausgaben. Ich gehe den Boulevard Villette runter, meine Beine laufen wie von alleine weiter. Da sehe ich auf einmal Nathan, der die Rue de Belleville entlangschlendert. Er winkt mir. Ich gehe über die Straße zu ihm rüber.

»Was machst du denn hier?«

»Nichts, bin zufällig in der Gegend«, antworte ich ihm.

»Hast wohl Mühe, runterzukommen, was?«

»Ja, kann schon sein.«

»Ich sehe doch, was los ist. Komm mit zur mir, ich gebe dir eine Tüte aus.«

Wir laufen die Straße bis zum Ende und überqueren den Boulevard de Belleville und erreichen schließlich seine Wohnung. Er lebt alleine in einer Einzimmerwohnung. Ich setze mich auf die Couch, er in einen Sessel. Er wirft mir ein Päckchen Gras und Blättchen rüber und sagt, ich solle einen Joint drehen. Ich erledige das, zünde den Kegel an und behalte den ersten Zug lange in meinen Lungen, bevor ich ihn langsam als dünne Rauchfahne wieder ausstoße. Nach und nach entspanne ich mich, und wir beginnen zu reden.

»Mein Vater wollte wissen, wie es deiner Mutter geht. Er sagte sie ginge am Sabbat nicht mehr in die Synagoge.«

»Weißt du ...«, setzt er an und sucht ratlos nach Worten. »Weißt du, seit mein Vater gestorben ist, geht es ihr nicht so gut und jetzt ... jetzt ist auch noch einer ihrer Söhne im Gefängnis. Also mit Gott und so kann sie momentan nicht ... also, du verstehst schon. Ich glaube, sie hat gerade andere Sorgen.«

Ich nicke nur still und bereue schon, dass ich das angesprochen habe. Auch er hat offenbar das Gefühl, dass sich betretenes Schweigen breit macht.

»Wie wär's mit einem Bier, Alter?«

Ich nehme das Angebot an, und er kommt gleich darauf mit einem Sixpack wieder, das er auf dem Tisch abstellt.

So sitzen wir eine Weile in seinem Wohnzimmer herum, trinken und reden. Ich mag Nathan, denn wenn wir uns unterhalten, dann geht es um andere Dinge, nicht um die immer gleichen Geschichten über Rauschgift, irgendwelchen Zoff oder Typen, die erwischt wurden. Er ist intelligenter als der Rest der Bande, und ich denke, deshalb lächelt er auch so selten, er hat etwas verstanden, das wir nicht kapiert haben. Trotzdem zieht er weiter mit uns durch die Gegend. In dem Moment wird mir klar, dass er vom gleichen Schlag ist wie sein Bruder André. Ich habe immer noch das Bild vom großen Dédé vor mir, ein richtig netter Typ, aber fähig, jedem, der ihm dumm kommt, mit dem Hammer das Gesicht zu zertrümmern. Dédé wurde vor zwei Jahren für einen Überfall eingebuchtet. Ich kenne ihn nicht gut. Doch wenn ich an ihn denke, an seine Visage und sein cooles Getue, scheint das alles ewig her zu sein und es kommt mir so vor, als würde ich an einen Toten denken. Ich bin sicher, ich werde ihn eines Tages wiedersehen, vielleicht in zehn Jahren oder so, aber das wird nicht mehr der gleiche Typ sein, weil das Gefängnis ihn dann kaputt gemacht hat.

Gegen zwanzig Uhr beschließen wir, eine Runde zu drehen. Draußen ist es noch nicht dunkel, aber die grellen Neonreklamen leuchten schon.

»Ich habe auf dem Boulevard noch was zu erledigen,

du kannst mitkommen, ich spendiere dir einen Drink. Dann fährst du nach Hause, und ich erledige meine Angelegenheit.«

Ich nehme sein Angebot an.

Wieder Belleville. Wir betreten die nächstbeste Bar, so eine mit runden Metalltischen, bestellen zwei Bier und setzen uns. Es ist fast niemand da. In aller Ruhe trinken wir unser Bier. Als wir ausgetrunken haben und aufbrechen wollen, kommt ein Mann herein. Er ist groß und hager, seine Wangen sind eingefallen, er hat tiefe Ringe unter den Augen, seine zurückgekämmten Haare glänzen im tristen Licht der Deckenstrahler. Er wirft dem Barkeeper ein »Hallo« zu, bevor er ihm die Hand gibt und lächelt. Dabei entblößt er mehrere Goldzähne.

Er steuert auf die Rückseite des Raumes zu, wo ein Typ allein an einem Tisch sitzt. Der unterbricht seine Zeitungslektüre, als er ihn kommen sieht, richtet sich zu voller Größe auf und öffnet ihm eine Tür, die er bewacht und auf der *Privat* steht. Nachdem er seine Pflicht erfüllt hat, schließt er sie wieder und streckt sich. Die Muskeln in seinem Stiernacken treten hervor. Er nimmt seinen Platz wieder ein und setzt seine Lektüre fort. Nathan bemerkt, dass ich den Koloss beobachte, und gibt mir zu verstehen, dass er es mir draußen erklären will. Wir verlassen das Café.

»Verdammt, was ziehen die da für eine Show ab?«, frage ich ihn, als wir vor die Tür treten.

»Die spielen dahinter Karten.«

»Wer?«, frage ich wie aus der Pistole geschossen.

»Ziemliche Schwergewichte, und mit ziemlich hohem Einsatz.«

Ich gerate ins Grübeln, bin in Gedanken versunken. Ich begreife nicht ganz, was in meinem Kopf passiert, aber ich spüre, wie eine gewisse Erregung, gepaart mit Angst, in mir hochsteigt. Als ich wieder aufblicke, sieht Nat mich belustigt an. Er sagt nichts, aber ich bin sicher, dass er weiß, was in mir vorgeht, und dass dieser kurze Blick meine gesamte Existenz aus der Bahn werfen wird. Ich verabschiede mich und gehe nach Hause, mit einem fiesen Kater.

Obwohl die Sonne scheint, lässt der kalte Wind mich frieren. Ich bin an einem Strand, das Auf und Ab der Wellen macht mir Kopfschmerzen. Ich sehe einen Raben auf dem Sand, er hebt seinen schwarzen Kopf, starrt mich an, bevor er den Blick abwendet und losfliegt. Dann fällt mir eine sitzende Gestalt auf und ich erkenne sie auf Anhieb wieder. Ich laufe zu ihr hin und schreie, aber sie dreht sich nicht um. Ich stolpere durch den Sand, falle immer wieder hin, stehe jedes Mal wieder auf und laufe weiter. Als ich bei ihr ankomme, bin ich ganz außer Atem, mein Herz brennt in der Brust. Die Frau sieht mich nicht an. Obwohl sie weiß, dass ich da bin, dreht sie mir weiter den Rücken zu. Ich nähere mich und höre mich selbst etwas sagen.

»Mama, was machst du da?«

Sie steht auf und dreht langsam ihren Kopf in meine Richtung, ohne auf meine Frage zu antworten.

»Junger Mann, ich muss jetzt nach Hause«, sagt sie, als sie mir gegenüber steht.

Ihre Worte werden teilweise vom eisigen Wind weggetragen. Dann geht sie langsam Richtung Wasser und kehrt mir den Rücken zu. Die Wellen branden gegen ihren Körper, und ihre vom Krebs zerknitterte Haut strafft sich wieder, erstarrt zu Eis in der beißenden Kälte des Wassers. Ich werfe den Kopf in den Nacken und schließe die Augen. Da höre ich einen Schrei. Als ich die Augen wieder öffne, ist sie verschwunden, und es bleibt nichts zurück bis auf den Schaum, der zu meinen Füßen versickert.

Ich schrecke hoch, meine Laken sind nass geschwitzt, im Kopf habe ich das Rotorgeräusch eines Hubschraubers, der aufsteigt, und mit einem Mal ist mir klar, was ich zu tun habe: Mit Nathan reden.

Ich gehe zu ihm und klingele an seiner Tür. Er macht mir sofort auf. Er ist noch in Unterhose und macht sich gerade einen Kaffee. Mein Besuch scheint ihn nicht zu überraschen. Ich setze mich auf die Couch, weiß nicht, wie ich anfangen soll.

»Wie geht's?«

»Abe, komm bitte zur Sache. Du tauchst doch nicht am frühen Morgen bei mir auf, um zu fragen wie es mir geht, wo wir uns gestern Abend erst gesehen haben?«

Ich räuspere mich ausgiebig, bevor ich anfange zu reden und betone dabei jede Silbe.

»Ich will, dass wir die Typen in der Bar überfallen.

Ich bin sicher, dass sich das Ding leicht drehen lässt und wir eine Menge Kohle einsacken können. Das Risiko dabei ist ziemlich gering.«

Ich warte auf eine Antwort, aber er begnügt sich damit, mich anzuschauen.

»Diese Typen werden uns nicht anzeigen, verstehst du, und für die ist das nicht viel Geld. Wir müssen nur ein paar Wochen abtauchen, bis sich die Lage beruhigt hat, und dann kommen wir zurück, als wäre nichts gewesen«, fahre ich fort, etwas gehemmt durch sein Schweigen.

»Ist mir schon klar, Abe … ich weiß nur nicht, ob wir es machen sollen.«

»Spinnst du, oder was? Das Geld wird uns auf dem Silbertablett serviert! Tu, was du willst, aber ich werde es den anderen erzählen.«

»Ich meine nicht das Geld, ich würde gerne wissen, ob du wirklich bereit bist, vermummt, mit einer Waffe in der Hand, in eine Bar reinzulaufen. Denk an meinen Bruder, wie der drauf war, und ich habe ihn kotzen sehen, bevor er seine Dinger gedreht hat.«

»Natürlich habe ich Angst …«

»Es geht nicht nur um Angst. Wenn es uns gelingt, mit Hilfe von Waffen an Geld zu kommen, wird das unser ganzes Leben verändern.«

»Aber nein, es wird sich gar nichts ändern, die Polizei wird uns nicht mal suchen. Wir gehen rein und wieder raus, das ist alles.«

»Abraham, du weißt es nur noch nicht, aber wenn du

da heil rauskommst, dann wirst so einen Ständer haben, dass du es wieder tun willst.«

Nathan nennt mich normalerweise nie bei meinem richtigen Vornamen. Ich schlucke und sage, mehr um mich selbst zu überzeugen, er würde Unsinn reden. Aber innerlich bete ich, dass er sich irrt, und bitte jetzt schon um Beistand, um mich von dem freisprechen zu lassen, was ich anrichten werde.

Ich kündige Nathan an, dass ich sofort mit Goran reden muss. Ich rechne damit, dass er sagt, ich solle noch warten, aber nichts dergleichen.

Goran steht zusammen mit anderen Typen auf der Treppe vor seinem Haus. Er scheint gut gelaunt zu sein. Ich sehe von weitem, wie sich seine schwere Gestalt hin- und her bewegt, während er dem Rest der Gruppe eine Geschichte erzählt. Am Ende brechen die anderen in Gelächter aus.

»He, Alter, beweg mal deinen Arsch rüber, statt den Clown zu machen«, ruft Nathan ihm vom Gehweg gegenüber zu.

»Verflucht, Nat, ich kann ja keinen Fuß vor die Tür setzen, ohne dass du mir auf die Pelle rückst.«

»Komm her, hab dich nicht so«, rufe ich ihm zu, bevor er mich überhaupt gesehen hat.

»Ach, du bist auch da … verdammt, Jungs … so ein Mist aber auch.«

Er verabschiedet sich von den Typen, mit denen er rumsteht und kommt zu uns rüber.

»Und, was wollt ihr von mir?«

Nathan wirft mir einen auffordernden Blick zu. Ich muss erstmal schlucken.

»Also, Kinder, schüchtere ich euch so ein, oder was? Nun spuckt es schon aus.«

Ich lege los und erzähle ihm alles. Er hört zu, ohne mich zu unterbrechen. Als ich mit meinem Bericht zu Ende bin, packt er mich mit seinen muskulösen Armen an den Schultern.

»Ich wusste immer, dass du der eigentliche Kopf unserer Bande bist, Abe. Verdammt, du hast einfach die besten Ideen. Wäre ich nicht dein Kumpel, wäre ich wahrscheinlich neidisch«, sagt er und grinst von einem Ohr zum anderen.

Nathan und ich starren ihn an und wissen nicht so recht, ob er das ironisch meint.

»He, Jungs, keine Panik, natürlich bin ich dabei, ihr verdammten Arschlöcher.«

Langsam kriegen wir unser Team zusammen und mein Gehirn läuft auf Hochtouren.

Ich gehe nach Hause, mein Gesicht ist ganz rot von der Kälte. Das Flurlicht brennt nicht, nur der bläuliche Schimmer des Fernsehers strahlt meinen Vater an, der auf der Couch vor sich hindämmert. Dieser Anblick verdrängt die Bilder der Bar aus meinem Kopf.

Meine Eltern sind in Nordafrika geboren, ich bin in Frankreich auf die Welt gekommen. Sie hatten sich lange vergeblich Kinder gewünscht. Eines Tages war es ihnen geglückt und da hatten sie sich noch eins gewünscht. Ich habe nicht viele Erinnerungen an meine Mutter, sie starb, als ich fünf war, bei der Geburt eines Mädchens, das meine Schwester hätte werden sollen. Seither wohne ich allein mit meinem Vater. Wir haben fast überhaupt keinen Bezug zueinander, wir leben nur zusammen unter einem Dach. Ich lebe mein Leben, er lebt seins. In unseren Kreisen ist es in der Regel so: Wenn die Bullen zu Hause anklopfen, wird das als Zeichen verstanden, dass jemand erwachsen geworden ist und ausziehen muss. Die meisten meiner Freunde wurden daheim rausgeschmissen. Mein Vater sagt mir oft, ich sei ein Taugenichts. Aber sicher aus irgendeinem Schuldgefühl heraus duldet er bisher noch, dass ich mit ihm unter einem Dach lebe. Tatsächlich ist ihm das Leben seines Sohnes komplett egal. Und solange ich mich nicht in sein Leben einmische, interessiert es ihn nicht. Ich habe jedenfalls noch nie mit ihm reden können, selbst als meine Mutter noch lebte und ich klein war. Meine Gegenwart schien ihn immer zu verschrecken. Als würde ich durch meine bloße Existenz sein Leben in Frage stellen, als würde ihn diese Miniaturausgabe von sich selbst beständig an all seine Misserfolge erinnern.

Ich sehe, wie die Fernsehbilder über meinen Vater hinwegtanzen, der dort unbeweglich auf der Couch liegt. Ich bleibe in der Tür stehen, ich weiß nicht warum. Eine Sekunde lang bin ich versucht, mich wieder aus dem Staub zu machen. Schließlich entscheide ich mich, die Tür zu schließen, und ein paar Schritte ins Wohnzimmer zu gehen. Ich setze mich neben ihn und rüttele ihn leicht an der Schulter.

»Alles okay, Papa?«, frage ich ihn leise.

Er braucht eine Weile, bis er zu sich kommt und mir antwortet, es gehe ihm gut. Ich bleibe kurz da hocken, ohne zu wissen, ob ich reden möchte oder nicht. Auch er schweigt, sein Blick ist auf den Fernseher geheftet. Irgendwann stehe ich auf, ganz langsam, falls er sich doch noch entschließen sollte, mir in die Augen zu sehen und mir zu sagen, dass er mich hasst, meine Gegenwart nicht erträgt und Nacht für Nacht mit dem Gedanken spielt, mich im Schlaf zu erwürgen. Aber seine Pupillen kleben am Fernsehschirm. Ich wünsche ihm gute Nacht. Er antwortet mir mit einem kurzen Handzeichen.

Es wird früh hell. Ich mache mich auf den Weg zu Nathan, um meine Freunde zu treffen. Sie sitzen alle drei im Wohnzimmer, als ich reinkomme. Goran hat gerade zu Ende geredet.

»Also, was meinst du?«

»Ihr seid nicht ganz dicht, Jungs«, sagt Trésor.

Trésor, ein groß gewachsener Schwarzer, ist ein Kumpel von Nathan und inzwischen auch ein sehr guter Freund von uns. Wir haben bei der Sache gleich an ihn gedacht, weil er einer der vertrauenswürdigsten Typen ist, den wir kennen. Er ist zurückhaltend, aber hat keine Angst sich die Hände schmutzig zu machen. Ich habe schon gesehen, wie er wie ein wilder Stier gegen drei mit Cuttern bewaffnete Skins gekämpft und sie am Ende mit bloßen Händen niedergestreckt hat. Wenn er nicht mitmacht, werden wir keinen anderen von seinem Kaliber finden, das ist uns klar.

Goran wird unruhig, beginnt zu gestikulieren, versucht ihn zu überzeugen, auch wenn er findet, die Sache sei sonnenklar.

»Verdammte Scheiße, das ist echt eine totsichere Sache. Wir können ein bisschen Schotter machen, ohne irgendetwas zu riskieren, Alter. Das Geld ist schmutzig, also stehen die Bullen nicht auf der Matte.«

»Das ist ja gerade die Sache, die mir Sorgen macht, du Volldepp. Ich kann dir sagen, dass es mir zehntausend Mal lieber ist, diese Trottel von Bullen am Hals zu haben, als mich mit Gangsterbossen aus dem Viertel anzulegen. Diese Typen verstehen keinen Spaß. Im Vergleich zu denen wir sind bloß Milchbubis.«

Trésor zögert, aber er weiß, dass er uns nicht davon abbringen kann.

»Ihr wisst, ich hasse es, wenn man mir etwas aufzwingen will.«

»Oh, mir kommen gleich die Tränen, verflucht noch mal. Wir bieten dir einen Haufen Kohle, und du kommst uns mit deiner Gefühlsduselei.«

»Du kannst mich mal, Goran … und ihr auch, verdammt.«

Er starrt auf seine Füße, hat den Kopf in die Hände gestützt, massiert sich mit den Fingerspitzen die Schläfen.

»Ich bin dabei.«

»Sehr gut. Jetzt brauchen wir noch einen, der uns das Auto klaut und es fährt«, erklärt Goran.

»Darum kümmere ich mich, ich kenne da einen, dem man vertrauen kann«, antworte ich und nicke langsam zur Bekräftigung.

»Wer denn?«

»Karim.«

»Karim, der Typ aus der Cité Michelet?«, fragt Trésor.

»Ich mag den Kerl nicht«, sagt Goran.

»Oh verdammt, Goran, hör auf mit dem Quatsch. Den kennen wir schon eine Ewigkeit.«

»Kann sein, aber ich konnte den Typen nie riechen, ich weiß auch nicht warum.«

»Kennst du vielleicht einen, der eine Karre so schnell fahren kann wie er?«

»Gut, ist schon okay, von mir aus, aber nur, weil du es bist«, sagt er mit einem Lächeln.

Die folgenden Tage sind wir damit beschäftigt, alles vorzubereiten. Tagsüber machen wir uns mit den Örtlichkeiten vertraut, wenn es dunkel wird, trinkt einer von uns dort ein Glas. Er hat die Aufgabe, unauffällig den Raum zu beobachten, während er sein Bier kippt. Wir haben beschlossen, dass Nathan und ich uns dort nicht nochmal zeigen sollten, damit man unsere Visagen in der Gegend nicht wieder erkennt.

Wir stellen schließlich fest, dass Donnerstagabend am meisten los ist, da bleiben manche Spieler bis zum Morgengrauen. Wir finden heraus, dass diese Typen im Viertel so ungefähr mit allem dealen: Rauschgift, Frauen … Sie kommen immer gegen Mitternacht, trinken ein Glas, setzten sich, nachdem der Wirt seine Kneipe geschlossen hat, ins Hinterzimmer und kommen gegen sechs Uhr morgens wieder raus. Das Ding ist nicht besonders kompliziert: Wir gehen rein, wir gehen raus. Wir müssen nur entschlossen sein und dürfen nicht die Nerven verlieren.

Wir brauchen Waffen und müssen zeigen, dass wir bereit sind, sie zu benutzen. Karim wird das Auto fahren, auch ihn kenne ich schon lange, und es gibt in meinem Bekanntenkreis keinen, der in der Lage ist, so schnell und unauffällig eine Kiste zu klauen wie er. Es ist keiner beteiligt, der nicht zu unserer Bande gehört, wir kennen uns alle von Kindesbeinen an: Karim, Trésor, Nathan, Goran und ich.

Nathan kümmert sich um die Waffen. Wir treffen ihn Dienstagmorgen. Als ich bei ihm ankomme, pünktlich um zehn Uhr, sind alle schon da.

Er zieht eine Decke unter seiner Couch hervor, legt sie umständlich auf den Tisch, schlägt sie zurück, und unser Blick fällt auf einige metallisch glänzende Objekte mit tödlicher Ausstrahlung. Er hat zwei Flinten mit abgesägtem Lauf organisiert, an deren Schlagbolzen herumgefeilt wurde, und zwei Revolver. Er erklärt uns, es seien 38er. Ich hebe einen ungeschickt am Lauf hoch, wiege ihn in meiner Hand und umklammere den Griff so fest, bis mir das geriffelte Holz schmerzhaft in die Handfläche schneidet.

Ich halte die Waffe vor mich hin, sehe das Licht durch das Prisma der nicht geladenen Trommel, deren Kammern aussehen wie leere Fensterhöhlen in einem tristen Hinterhof. Ich strecke den Arm aus und sehe, wie die Welt vor mir in Flammen aufgeht, während der Rauch, der vom heißen Metall aufsteigt, mir in den Augen brennt. Ich lasse die Knarre sinken, und alles wird wieder normal. Erst da bemerke ich, dass die anderen mich stumm beobachten. Ich lächele sie verlegen an und setze mich demonstrativ zurück auf die Couch, während sie nacheinander die Waffen in die Hand nehmen. Und wie ich da so sitze und feststelle, dass meine Hand noch immer zittert, frage ich mich, ob ich das nervlich wirklich durchstehe.

Eine Woche lang treffen wir uns jeden Abend bei Nathan, um gemeinsam Schritt für Schritt den Überfall durchzugehen. Immer wenn die Sonne untergeht und wir zusammen kommen, ertönt aufs Neue Nathans Stimme.

»Mittwochabend geht jeder zu sich nach Hause, und

wir sehen uns nicht mehr, bis Freitag. Wir verhalten uns ruhig, wir bleiben ganz cool, Jungs. Freitag bei Sonnenaufgang, Karim, klaust du ein Auto und triffst uns auf dem Brachgelände. Wir steigen in den Wagen, fahren zehn Minuten nach Belleville. Seid so pünktlich am Treffpunkt, als müsstet ihr zu einem wichtigen Job. Wir gehen in die Bar rein. Karim wartet im Auto. Wir haben maximal fünfzehn Minuten, um unsere Arbeit zu erledigen.«

Da jeden Abend das Gleiche erzählt wird, schweife ich in Gedanken ab. Ich stelle mir vor, wie ich im Auto sitze, durch das noch leere Paris fahre, mir die Knarre an die Brust drücke, meine Beine anspanne, damit ich bloß keine weichen Knie bekomme. Durch die Windschutzscheibe sehe ich, wie wir die letzte Kurve nehmen, wie das Auto plötzlich anhält, in zweiter Reihe stehen bleibt, und wir alle herausspringen, geisterhafte Gestalten, deren Gesichter hinter Kapuzen und Sturmhauben aus Nylonstrümpfen verborgen sind. Wir schlagen die Autotüren zu und betreten die Bar, unsere schweren Schritte hallen in der Morgendämmerung.

Am Mittwochabend verscheucht Nathans Stimme diesen Film aus meinem Kopf.

»Es gibt noch eine Sache, die ich euch sagen will. Mein Bruder hat mir immer gesagt, dass man bei einem Überfall auf keinen Fall viel reden darf. Vor allem sollte man niemals den Eindruck erwecken, man würde zögern. Sonst gibt es Tote.«

Daraufhin gehen wir auseinander, ohne uns noch einmal die Hand zu geben. Wir lassen seine Worte auf uns wirken.

Drittes Kapitel

Keiner von uns hat damit gerechnet, dass es so schnell hell wird. Nun müssen wir noch einen Tag und eine Nacht abwarten, bis alles anders wird.

Karim verbringt den Donnerstag zu Hause, raucht ein paar Joints und schlägt die Zeit tot. Dabei versucht er, nicht zu viel an das zu denken, was auf ihn zukommt. Karim will niemanden enttäuschen. Als es dunkel wird, macht er sich einen Kaffee und trinkt ihn, während er geistesabwesend auf den Fernseher starrt. Morgens um halb drei zieht er seine Jacke über und geht raus. Eine halbe Stunde später ist er am Steuer eines unauffälligen Renaults, wie es sie in Paris zu Tausenden gibt, auf dem Weg zum Treffpunkt.

Trésor verbringt einen ganz normalen Tag und geht früh ins Bett. Als sein Wecker um zwei Uhr morgens klingelt, setzt er sich auf, stützt den Kopf in die Hände und spricht ein kurzes Gebet. Dann springt er schwungvoll von der Bettkante hoch, als wolle er so die Steifheit aus seinen Gliedern vertreiben.

Nathan wacht früh auf. Am späten Nachmittag geht er zu seiner Mutter, um sich Wäsche zu holen. Als er gerade gehen will, hört er, wie sich der Schlüssel im Schloss dreht. Nathan hat nicht damit gerechnet, seiner Mutter zu begegnen.

»Nathan, mein Sohn, schön, dich zu sehen.«

Sie drückt ihn lange an sich, bevor er sagt, er habe es eilig und müsse los.

Da sie von den Medikamenten, die sie nimmt, leicht benommen ist, scheint sie ihn nicht zu verstehen und umarmt ihn weiter. Als es Nathan gelingt, sich aus der Umarmung zu lösen, hebt sie den Kopf, sieht ihm in die Augen und fragt, was er denn gerade tue.

»Ich habe Arbeit in der Stadtverwaltung gefunden, Mama.«

Auf dem Gesicht der Frau zeigt sich ein Lächeln und ihre Augen füllen sich mit Tränen, als sie sagt:

»Du warst immer mein bester Junge, Nathan. Ich habe immer gewusst, du es eines Tages schaffen würdest.«

Kaum hat sie das ausgesprochen, stürzt Nathan auch schon davon und versucht, aus seinem Kopf das Bild dieser alten Frau zu verdrängen, deren Gesicht vom Leben schwer gezeichnet ist und die in den Armen ihres Sohnes vor Rührung zu schluchzen beginnt.

Goran kommt als Erster zum Treffpunkt, um drei Uhr morgens. Er ist absichtlich zu früh da, wollte der Erste vor Ort sein und die frische Morgenluft spüren. Die kühle Luft brennt in seinen Lungen. Er zündet sich die erste Zigarette an und lehnt sich gegen den Zaun des Brachgeländes. Die Benzedrin-Tabletten beginnen zu wirken, mildern seine Nervosität ab und vertreiben seine Müdigkeit. Er blinzelt und ballt schnell zehn Mal hintereinander die Fäuste. Alle seine Muskeln spielen mit. Er wartet zwanzig Minuten, dann sieht er, wie Karim am Steuer des gestohlenen Wagens auftaucht.

Mein Bauch krampft sich vor Angst zusammen, ich kann an nichts anderes mehr denken. Ich tigere durch mein Zimmer und male mir aus, wie die Sache schief geht, wie alles außer Kontrolle gerät. Tausend verschiedene Geschichten und Bilder schwirren in meinem Kopf herum und alle enden gleichermaßen in einem Blutbad. Ich mache einen Liegestütz nach dem anderen, um nicht daran zu denken, bis ich keuchend zu Boden gehe. Ich denke an Julia, nicht weil sie mir gerade so sehr fehlt, sondern nur, um mich an meinen Alltag zu erinnern. Ich versuche, die Angst zu verjagen, sage mir, dass ich keinen Grund habe, vor Angst zu zittern. Aber ich kann nicht anders, es schnürt mir den Kehle zu, lastet auf mir, bis mir die Tränen kommen. Ich schnappe mir meinen Mantel und haue ab.

Barbès. Die kalte Luft vom Boulevard, der Lärm der Autos und der Anblick der nächtlichen Gestalten beruhigen mich ein wenig. Ich setze mich auf eine Bank. Erster Joint. Zweiter. Das Gefühl, dass mich die Angst fest im Griff hat, lässt etwas nach. Eine Stunde vergeht in Zeitlupe. Meine Uhr zeigt Mitternacht. Ich kehre nach Hause zurück und lege mich angezogen aufs Bett.

Um zwei Uhr morgens wache ich schweißgebadet auf, so eine Scheiße. Ich gehe wieder auf den Boulevard raus und laufe bis zum ersten Club ,der offen hat, und hoffe, dass ich Glück habe. Blaue Lichter, ein leerer Raum. Der Typ, den ich sprechen will, hockt alleine an der Bar. Ich greife mir den Barhocker neben ihm.

»Na, wen haben wir denn da?«

Ich halte ihm freundlich die Hand hin.

»Alles gut?«

»Ja, und bei dir?«

»Alles locker.«

»Was führt dich her?«

»Ich will Nuggets, hast du welche?«

»Ja, warte hier, ich bin in einer viertel Stunde wieder da.«

Ich bestelle einen Whisky und sehe mich um. Auf der Tanzfläche ist nur ein Mädchen, total zugedröhnt. Der Typ kommt mit meiner Ware zurück. Ich gebe ihm die Kohle und lasse die Tabletten in meiner Tasche verschwinden. Ich werfe noch einen letzten Blick zurück, bevor ich rausgehe: Das Mädchen wird von einem fetten Widerling zur Toilette geschleppt, ein Blowjob gegen eine Linie Koks.

Ich gehe nach Hause, löse die Piggies in Whisky auf. Ich merke, wie das Amphetamin zu wirken beginnt. Ich schließe die Augen und versuche an gar nichts zu denken. Unter meinen Pupillen zuckt ein ockerfarbener Blitz. Als ich die Augen wieder öffne, ist es 3.10 Uhr.

Die Hände in den Taschen meines Mantels vergraben, nähere ich mich dem Brachgelände. Meine Nerven liegen blank und ich spüre jeden einzelnen Zahn im Mund, säuerliche Wucherungen, die meinen Kiefer verätzen.

Ich gelange an ein Tor, stelle fest, dass die gesamte Mannschaft schon versammelt ist. Ich sehe sie durch die Gitterstäbe hindurch. Sie sind alle da, stehen nebeneinander vor einem grauen Auto, rauchen schweigend. Sie wissen nicht, dass ich sie beobachte. Ich zünde mir eine Zigarette an, stoße die erste Rauchwolke aus. Ich sehe, wie Goran seine Knarre lädt. Ich gucke weg und rauche meine Zigarette zu Ende.

Plötzlich überkommt mich eine furchtbare Übelkeit. Ich fange an zu husten, muss immer heftiger husten, krümme mich, schnappe nach Luft, lasse mich am Zaun hinabgleiten. Ich atme ganz langsam ein und sage mir, dass es gleich vorbei sein wird. Ich schließe die Augen für ein paar Sekunden und bete, bete inständig, dass wir da alle heil rauskommen. Ich richte mich wieder auf, stecke erneut die Hände in die Taschen, um sie aufzuwärmen, und gehe zu ihnen rüber, ohne meine Beine dabei zu spüren.

Auf dem Weg sind alle schweigsam, man hört nur hin und wieder ein Hüsteln. Ich sitze hinten im Wagen und starre vor mich hin, ich will nicht, dass unsere Blicke sich begegnen. Wir gelangen auf den Boulevard. Wir warten bis zum letzten Moment, bevor wir unsere

Kapuzenmützen überziehen, Kindermützen, die unsere Mütter uns gestrickt hatten, in die wir mit der Schere Löcher rein geschnitten haben. Ich greife nach einer Waffe, die Goran mir entgegenhält, und presse sie gegen meinen Schenkel. Ich habe das Gefühl, dass wir sehr langsam fahren, ich möchte, dass das alles schneller geht. Das Auto biegt in Zeitlupe um die Kurve einer Straße, die ich noch nie gesehen habe. Plötzlich taucht die Bar vor uns auf. Meine Hände umspannen den Griff der Knarre.

Der Renault hält mit quietschenden Bremsen auf dem Asphalt. Ich beiße mir so stark auf die Lippen, bis sie bluten, ich denke nicht mehr daran, irgendwelche Gebete zu sprechen. Goran steigt als Erster aus, geht in die Bar rein, ohne sich noch einmal umzudrehen, geht direkt auf den Typen zu, der das Hinterzimmer bewacht und richtet den Lauf seiner Waffe auf ihn, bevor der überhaupt reagieren kann.

»Keine Bewegung, du Arschloch. Wirf mir schön brav deine Knarre rüber«, befiehlt er, ohne einen Anflug von Zittern in seiner Stimme.

Der Barkeeper spült seine Gläser und sagt nichts, als er uns reinkommen sieht. Trésor springt über die Bar und versetzt ihm mit dem Griff seiner Waffe einen Schlag direkt in die Fresse. Der Typ sackt zusammen. Goran verfährt mit dem Typen, den er in Schach hält, genauso und schleift ihn dann hinter die Bar. Trésor verriegelt die Eingangstür. Nun sind wir alleine in der

Gaststube und schleichen in den hinteren Bereich des Lokals, die Waffen zu Boden gerichtet.

Die Spielhölle befindet sich hinter der Tür mit der Aufschrift *Privat*. Da stehen wir nun und unser verdammtes Schicksal hängt von einer Tür ab, von der die Farbe halb abgeblättert ist. Goran geht mit schnellen Schritten darauf zu, dreht sich um, um uns einen Blick zuzuwerfen – wir müssen irrsinnig bescheuert aussehen mit unseren Mützen über dem Gesicht – und atmet einmal tief durch. Er dreht den Türknauf und die Spielhölle wird sichtbar.

Wir stürzen hinter ihm her, außer Trésor, der im Gastraum bleibt, um Schmiere zu stehen. Drinnen steht nur ein kleiner Tisch mit fünf Typen drum herum, die Karten in den Händen halten. Als wir reinkommen, schauen sie uns an und wirken nicht besonders überrascht.

»Keiner bewegt sich«, schreit Nathan.

Niemand reagiert. Nathan geht zu dem Spieler, der ihm am nächsten ist, stößt ihn vom Stuhl und drückt ihm seinen Absatz ins Gesicht. Der Typ versucht sich zu wehren, hält sich schützend die Hände vors Gesicht, aber schon beim zweiten Tritt hört man wie seine Nase bricht. Das Blut fließt in Strömen über seinen Mund, er stöhnt laut auf.

Wir fordern sie auf, sich hinzulegen, mit dem Gesicht auf den kalten Boden, die Handflächen nach oben gerichtet.

Das Geld vom Pokern liegt verstreut auf dem Tisch. Goran stopft es in eine Tasche. Es sind eine Menge Scheine, darunter auch einige Fünfhunderter.

Der Typ mit der gebrochenen Nase kichert leise vor sich hin, dann bricht er in lautes Lachen aus, das uns alle einen Schauer über den Rücken jagt. Es ist ein unheimlicher Anblick, wie er da liegt, das Gesicht zu Boden gerichtet. Bei jedem Glucksen bilden sich Blutblasen, die so schnell wieder zerplatzen wie sie gekommen sind. Ich merke, wie sich Verunsicherung breit macht und beschließe, etwas zu tun. Ich bohre ihm meine Schuhspitze zwischen die Rippen, damit er die Klappe hält und drücke ihn dann mit der Sohle nach unten. Als ich den Druck verringere, kippt sein Kopf zur Seite. Da sehe ich sein hageres Gesicht. Es gehört zu dem dünnen Kerl mit den Goldzähnen, der mir bei meinem ersten Besuch mit Nathan aufgefallen war.

Er schluckt, holt Luft und beginnt mit leiser, ruhiger Stimme zu sprechen.

»Hört zu, ihr Anfänger, ihr spielt hier die harten Kerle und nehmt mir ein bisschen was von meiner Kohle weg. Aber glaubt mir, ich werde euch finden, denn Paris ist für Typen wie euch ganz klein. Nur ein Rat: An der Kohle werdet ihr euch die Finger verbrennen, seid also vorsichtig, denn der Erste, den ich sehe, der sich ein schnelles Auto kauft oder den dicken Larry markiert und mit Scheinen um sich schmeißt, dem werde ich den Spaß am Räuberspielen schnell austreiben.«

Als er fertig ist, verzieht er das Gesicht zu einem blutigen Grinsen, dabei sucht er erneut meinen Blick, während er sich unter meinem Fuß windet und es ihm schließlich gelingt, sich frei zu machen.

Trotz meiner Sturmhaube versucht er, mir in die Augen zu sehen.

»Keine Sorge, Großer, du wirst nichts mehr von uns hören«, erwidert Nathan.

»Nur dumm, dass ich sicher bin, euch zu kennen, sonst würdet ihr meinem Blick nicht ausweichen, wo ihr doch vermummt seid, ihr Idioten.«

Goran hat die Scheine alle in den Taschen verstaut und gibt uns ein Zeichen, dass wir abhauen sollen. Wir ziehen uns langsam zurück und halten dabei weiter unsere Waffen auf sie gerichtet, sie liegen immer noch auf dem Boden und vermeiden jede Bewegung. Ich schließe die Tür hinter uns und demoliere den Türgriff mit einem Fußtritt.

Das Licht des anbrechenden Morgens brennt uns in den Augen, als wir nach draußen rennen. Wir steigen wieder ins Auto, das sachte losfährt. Niemand verlässt die Bar. Ich ziehe meine Kapuzenhaube ab und wische mir den Schweiß aus dem Gesicht. Wir klatschen uns ab, mehr erleichtert, als glücklich. Keiner von uns wagt es, normal zu reden, so als hätten wir dieses Hinterzimmer noch gar nicht hinter uns gelassen.

Schließlich fragt Karim, wie es gelaufen ist. Wir sagen, er solle die Klappe halten. Die Uhr auf dem Armaturenbrett zeigt 4.22 Uhr an. Paris wird nur mühsam wach und hat einen üblen Kater.

»Stopp!«

Ein Schrei, mitten in das Schweigen hinein.

»Stopp!«

»Verflucht, was ist los, Abe?«

Ich habe schon die Tür aufgezogen, das Auto bremst ab, als es anhält, springe ich raus. Sie starren mich mit offenem Mund an. Ich mustere sie der Reihe nach und erkläre, ich müsse eine Runde drehen.

Ich sehe, wie Goran mich durch die Scheibe anlächelt.

»Ich liebe euch alle, Jungs«, füge ich hinzu, bevor ich mich entferne.

Die Straße mit ihrem Gehupe, ihren Lichtern. Ich laufe, bis ich ihr Viertel erreicht habe.

Ich klingele, keine Reaktion. Ich drücke mit der Schulter leicht gegen die Eingangstür, bis sie nachgibt und aufgeht. Ich springe die Stufen bis zu ihrem Stockwerk hoch. Julia erwartet mich auf dem Treppenabsatz, sie sieht gar nicht verschlafen aus und ist so angezogen, als käme sie gerade von einer Party.

»Was willst du denn hier?«

Ich gehe auf sie zu, ihr Gesicht ist mit Schweißperlen bedeckt, genauso wie meins. Ich nehme es fest in meine Hände und küsse es, während der Schweiß herabtropft.

Und da spüre ich es, es ist nur ein kurzer Moment, aber er tut höllisch weh.

Verdammt, vergiss es einfach.

Sie lässt es mit sich geschehen und lacht schallend, als sei sie erleichtert. Ich dränge sie in die Wohnung. Sie führt mich zur Couch, lässt sich fallen und zieht mich mit. Sie reckt den Hals, um mich ins Ohr zu beißen … mein Kopf verschwindet zwischen ihren Brüsten.

Ich weiß.

Stopp.

Ich halte inne, erstarre. Sie guckt mich an, wird bleich, küsst mich umso heftiger, als gelte es, mich wiederzubeleben.

»Was ist los?«

Sie reißt ihre großen, feucht glänzenden Augen auf.

Nutte.

»Nichts, gar nichts«, sage ich in einem Atemzug.

»Dann komm.«

Meine Hand fährt zitternd an ihren Beinen hoch, verschwindet unter ihrem Rock. Ich spüre, wie sie erschauert, sie wirft ihren Kopf in den Nacken, ihr Atem geht schneller.

Meine Hand auf ihrer Muschi. Nun bin ich ganz sicher, ich kenne sie zu gut, als dass ich nicht merken würde, wenn sie mir was vorspielt.

Nutte.

Sie zieht ihren Rock bis zur Taille hoch und wartet auf mich. Ich komme zu ihr, drücke meine Stirn gegen ihre, unsere Körper sind unbeholfen ineinander verkeilt.

Sie kommt vor mir zum Orgasmus. Ich will mich zurückziehen, aber ich habe nicht die Kraft. Ich komme auch zum Orgasmus, die Zähne zusammengepresst. Ich ziehe mich zurück, schäme mich, dass ich es zu Ende gebracht habe.

»Dreckige Nutte.«

Sie antwortet nicht, schweigt und wagt nicht, mich anzusehen.

»Du hältst mich wohl für einen Idioten, dein ganzer Körper stinkt nach Sex. Wie lange schon lässt du dich von einem Anderen ficken, du dreckige, kleine Schlampe, na?«

Meine Stimme klingt schrill, ich habe jetzt schon verloren.

Sie dreht mir ihr Gesicht zu, in ihren Augen stehen Tränen. Da liegt sie, halb nackt. Ich habe noch nicht mal Lust, sie zu schlagen, darauf wartet sie doch nur. Ich gehe, mache mir nicht die Mühe, die Tür zu schließen, lasse ein kleines Mädchen zurück, das vor sich hinschluchzt.

Wieder auf der Straße, dieses Mal ist sie wie ausgestorben. Ich suche nach einem Laden, der geöffnet hat. Schnell ein paar Dosen Bier runterkippen. Auf meiner Uhr ist es sechs Uhr morgens. Ich schwanke, spüre eine aufkommende Trunkenheit und meine Muskeln schmerzen, als wären meine Nerven mit Blei ummantelt. Hinter mir höre ich ein Auto. Ich drehe mich nicht um. Das Auto nähert sich im Schritttempo. Das Fenster wird heruntergelassen, am Steuer sitzt eine Frau um die vierzig. Ich starre sie an, mit der Bierdose in der Hand.

»Alleine trinken ist doch traurig.«

Ich will ihr zurufen, sie solle sich gefälligst verpissen, aber dazu fehlt mir die Kraft.

»Komm, steig ein.«

Sie macht die Beifahrertür auf. Ledersitze. Sie sagt, sie würde mich zu sich mitnehmen. Ich sehe sie an, ich möchte mit ihr reden, aber kein einziger Ton kommt aus meinem Mund und ich lasse meinen Kopf langsam gegen die Kopfstütze fallen. Die Lichter ziehen vorbei. An einer roten Ampel legt sie mir eine Hand in den Schritt und beginnt, mich zu massieren. Bald darauf parkt sie das Auto, zieht die Handbremse an, nimmt den Zündschlüssel ab. Sie küsst mich, beißt mir dabei in die Lippe. Der Geschmack ihres Lippenstiftes vermischt mit Whisky-Dunst. Ich stoße sie zurück und stolpere aus dem Auto. Wir betreten ein nobles Gebäude mit einem Treppenhaus aus Marmor. Sie drückt auf einen Knopf, um den Fahrstuhl zu rufen. Ich bemerke den Ehering an ihrem Finger.

»Bist du verheiratet?«

Ich bereue es sofort, meinen Mund aufgemacht zu haben.

»Oh, ja, habe ich doch wieder vergessen, ihn abzuziehen. Das schreckt dich doch hoffentlich nicht ab?«

Sie presst sich an mich und küsst mich erneut.

Im Fahrstuhl bückt sie sich und löst meinen Gürtel. Das schmatzende Geräusch von einer Zunge und von Spucke. Ich könnte mich übergeben.

Die Türen gehen auf, sie lässt von mir ab und tritt auf den Treppenabsatz, dabei schwingt sie ihre Hüften. Ich folge ihr in die Wohnung, in der ein einziges Chaos herrscht. Sie macht das Licht an. Da erkenne ich Fotorahmen mit Kinderfotos, verfluchte Fotos von Gören.

»Scheiße, du hast Kinder.«

»Keine Sorge, die stören uns nicht, sie sind übers Wochenende bei ihrem Vater.«

Zum zweiten Mal in dieser Nacht habe ich Lust eine Frau zu schlagen. Ich will dieser Nutte das Gesicht zu Brei hauen. Ich will ihr mit einem Kopfstoß die Nase brechen, bevor ich ihr mit meiner Faust die Zähne ausschlage, so dass diese Knirpse Mühe haben werden, sie wieder zu erkennen. Aber zum zweiten Mal in dieser Nacht tue ich nichts dergleichen.

Sie führt mich ins Schlafzimmer, ich sehe, wie sie sich auszieht, zum Bett geht und mich mit gespreizten Beinen erwartet.

Ich glaube, ich muss gleich kotzen.

»Ich habe Durst. Ich hole mir was zu trinken. Ich komme gleich.«

Ich warte nicht einmal mehr ihre Antwort ab und

flitze in den Flur. Ich reiße zwei, drei Schränke in der Küche auf, finde eine Flasche Wein und verlasse die Wohnung.

Wieder auf der Straße. Ich erkenne das Viertel nicht wieder. Ich schlage den Flaschenhals auf den Asphalt, um sie zu öffnen. Der Alkohol fließt heraus. Ich hebe die Flasche vorsichtig hoch, über meinen Kopf, damit möglichst wenig rausläuft. Ich spritze mich überall damit voll.

Am frühen Morgen erwache ich, in einen Hauseingang gekauert. Ich nehme die erste Metro. Auf einem Notsitz, den Kopf auf die Hände gestützt, lasse ich die Fahrt über mich ergehen und werde immer wieder durch abruptes Bremsen durchgeschüttelt. Der schrille Alarmton, der beim Schließen der Türen erklingt, hallt immer noch in meinem Kopf wieder, als ich in der Station Max-Dormoy ankomme. Auf dem Bahnsteig lümmeln auf den Bänken ein paar Junkies herum, gucken den Metros nach, völlig stoned. Sogar für die scheint sich dieser Vormittag besser anzufühlen als für mich. Als ich aus der Station trete, tut mir das grelle Tageslicht in den Augen weh. Als ich in die Wohnung komme, geht es mir hundeelend. Mein Vater ist nicht da. Ich setze mich auf einen Stuhl in der Küche. Die Sonne scheint auf den Tisch, erhellt den ganzen Raum. Ich sehe mir das an und spüre, wie alles den Bach runtergeht, wie mir das Leben entgleitet. Ich merke, dass ich nicht länger in diesem jämmerlichen Zustand verharren darf. Wenn ich noch länger hier sitze, schnürt sich mir gleich der Hals zu, wie immer, wenn in meinem Kopf das Chaos ausbricht.

Ich gehe in mein Zimmer, schnappe mir den Rucksack und stopfe so viel rein wie möglich. Ich nehme das bisschen Geld, das ich unter der Matratze deponiert habe, und will es in meine Manteltasche schieben. Da spüre ich etwas Metallenes, ziehe schnell meine Hand weg, als hätte ich Angst, es könnte mich beißen. Erst jetzt wird mir klar, dass ich immer noch die Knarre bei mir habe.

Ich verlasse die Wohnung, ohne die Tür zu schließen, und springe die Treppe hinunter, so schnell meine Beine es erlauben. Ich laufe ziellos umher. Mir wird langsam kalt, automatisch stecke ich meine Hände in die Taschen. Meine Finger gleiten über die Waffe, die sich überraschend anschmiegsam anfühlt.

Ich verschwinde aus dem Viertel, um ein paar Nächte in einem schäbigen Hotel in Montreuil zu schlafen, dann in einer verlotterten Wohnung mit einem kleinen Balkon im 19. Arrondissement, die mir ein Mietwucherer untervermietet. Ich möchte allein sein, aber ich muss an meinen Anteil vom Überfall kommen.

Ich beschließe, Goran anzurufen.

»Wer ist da?«

»Ich bin‘s.«

»Abe, verdammt, wo hast du gesteckt? Du hast ja eine Ewigkeit nichts von dir hören lassen!«

Ich weiß nicht, was ich antworten soll und murmele: »Ich hatte was zu regeln.«

»Verdammt, wir haben uns Sorgen gemacht, Kumpel, wir haben uns gefragt, ob dir was zugestoßen ist. Bist du jetzt zu Hause?«

»Nein, ich rufe aus einer Telefonzelle an.«

»Ist wirklich alles okay?«

»Ja, ich will nur meinen Anteil abholen.«

»Okay, kein Problem, wir haben es gerecht aufgeteilt, jeder bekommt 8.000 Euro ...«

»Goran, verdammt, ich vertraue euch! Hör auf mit dem Palaver, ich will nur meinen Kies abholen, alles klar?«

»Okay, ist in Ordnung, Junge, ich kann es dir auch bringen, wenn du willst?«

»Nee, schon gut, ich komme vorbei.«

Ich kehre für die Geldübergabe ins Viertel zurück. Wir tauschen ein paar Banalitäten aus. Man sieht mir deutlich an, dass es mir nicht gut geht, aber er stellt mir keine Fragen. Er kennt mich lange genug, um zu wissen, dass ich sowieso nichts sagen würde. Als wir auseinander gehen, fragt er mich, wo ich penne. Ich habe überhaupt keine Lust, ihm darauf zu antworten. Schließlich gebe ich ihm doch meine neue Adresse.

Viertes Kapitel

Über eine Woche lang versuche ich zu begreifen, was passiert ist. Bilder von Julia laufen wie in Zeitlupe in meinem Kopf ab. Ich sehe sie vor mir, wie sie glücklich ist, erleichtert. Dann sehe ich ihren nackten Körper vor mir, an dem nichts mehr zueinander passt. Sie liegt auf dem Boden, ihre Beine und Arme sind merkwürdig abgespreizt, ihr Gesicht ist ausdruckslos.

Ein Bild folgt auf das nächste, bis mir die Augen brennen, meine Pupillen sich in Panik weiten. Immer wieder steigt der Hass in mir hoch und ich muss tief durchatmen, um nicht das Gefühl zu haben, vor Wut gleich zu platzen.

Eine ganze Woche lang lebe ich mit diesen Wahnvorstellungen, die ich mir mit Pillen und billigem Whisky auszutreiben versuche. Ich bin wie erstarrt, sprachlos, in der Mitte einer schizoiden Brücke zwischen meinen Halluzinationen auf der einen und der tristen Realität auf der anderen Seite, ohne mich entscheiden zu können, ob ich diesen Abgrund überwinden will oder nicht, weil ich zu keiner Entscheidung fähig bin.

Nach einer Woche breche ich schließlich vor Müdigkeit zusammen. Ich schlafe zwei ganze Tage. Als ich aufwache, denke ich an gar nichts mehr und finde mich in einer mir unbekannten Wohnung wieder.

Nur eins beweist mir, dass ich nicht geträumt habe, die beiden mit abgenutzten Gummibändern zusammengehaltenen Bündel Geldscheine, die Goran mir übergeben hat. Die größte Summe, die je durch meine Hände gegangen ist, habe ich mir verdient, indem ich mit einer Waffe auf jemanden zielte.

Ich mache mich gleich daran, bei einem Typen aus Montreuil, der sich viel im 20. Arrondissement herumtreibt, Koks zu kaufen. Nebenbei hole ich mir noch ein bisschen H bei einem Kerl, der in der Nähe der Metrostation Sentier wohnt. Ich will nicht, dass das ganze Geld vom Überfall dafür draufgeht und ich wieder am Nullpunkt angelangt bin, nur so viel, dass ich wieder auf die Beine komme.

Ich kaufe die Drogen nicht nur für meinen persönlichen Bedarf. Ich habe da so eine Idee. Durch den Umgang mit Julia habe ich gelernt, dass man in studentischen Kreisen ziemlich scharf auf Stoff ist. Außerdem zahlen diese Leute, was verlangt wird, ohne sich allzu viele Gedanken über die Qualität des Stoffs zu machen, weil sie sowieso nichts davon verstehen. Das ist vielleicht nicht der Coup des Jahrhunderts, aber ich finde es spannend genug, dass meine kleinen grauen Zellen wieder zu arbeiten beginnen.

Ich streife im Quartier Latin herum. Ich hasse diese Ecke. Wenn ich dort hingehe, wird mir klar, wie sehr mir mein eigenes Pflaster fehlt. Ich begreife nicht, was die Leute hier treiben. Immer wenn mir Touristen über den Weg laufen, habe ich Lust, ihnen ins Gesicht zu spucken. Sie glauben ernsthaft, das wäre Paris: Herausgeputzte Sehenswürdigkeiten und nette, kleine Geschäftsstraßen für Studenten und Betuchte. Ich würde ihnen gerne vorschlagen, mal bei mir vorbeizukommen, da könnten sie das echte Paris kennen lernen, da könnten sie der Bestie in die Augen sehen, ihren Atem spüren, und sei es nur für eine Sekunde, bevor ihnen schwindlig wird. Aber im Grunde ist ihnen das schnuppe. Sie wiegen sich lieber in Sicherheit. Alle diese Idioten wollen es gerne geschniegelt, komfortabel, und lieben ihre dämlichen Postkartenansichten. Sie wollen meine Stadt ausmerzen.

Es gibt da eine Bar, in die ich oft gehe, beim Panthéon. Manchmal rede ich ein paar Worte mit den Typen da, trinke ein oder zwei Gläser mit ihnen, bin nett und freundlich, ohne es zu übertreiben. Ich will nur die Stimmung testen und versuche, mich mit den Gegebenheiten vertraut zu machen.

An irgendeinem dieser Abende sitze ich am Tresen, trinke ein Glas nach dem anderen, mein einziges Gegenüber ist mein Bild im Spiegel hinter der Bar, mein rasierter Schädel, die von rötlichen Narben gezeichneten Augenbrauen. Ohne meine dunkle Hautfarbe würden die Gäste mich vermutlich für einen Skin halten. Während mir das durch den Kopf geht, spricht mich der Typ an, der neben mir sein Bier trinkt.

»Ich bin sicher, ich kenne dich von irgendwoher.«

»Glaube kaum.«

Ich gucke nicht von meinem Glas hoch.

»Du bist doch jeden Abend da, ich sehe dich ständig hier an der Bar.«

Ich antworte nicht.

»Bist nicht aus dem Viertel, was?«

Schließlich gucke ich ihn doch an. Er sieht aus wie ein typischer Student, Bart, lange Haare, erweiterte Pupillen vom Gras.

»Sieht man das, oder was?«

Ich lächele ihn an, er entspannt sich und schlägt mir vor, noch ein Glas mit ihm zu trinken.

»Ich sitze mit ein paar Freunden dahinten«, erklärt er.

Es gibt keinen Grund, das Angebot abzulehnen. Ich folge ihm. Auf dem Weg zu ihrem Tisch reicht er mir die Hand.

»Ich heiße übrigens Pierre … und du?«

»Ich heiße Abe. Also … Abraham.«

An seinem Tisch erwarten uns fünf Personen, vier Typen und ein Mädchen, alle wie Hippies angezogen. Pierre stellt sie mir vor. Es gelingt mir, ihnen ein schüchternes *hallo* zuzurufen, bevor ich Platz nehme und mich wieder auf mein Bier konzentriere. Sie reden viel, über Politik, die Fehlentwicklungen in unserer Gesellschaft und andere Sachen, die mir so was von egal sind.

Ich trinke mehrere Biere, und ein kleines, spöttisches Lächeln umspielt meine Lippen. Ich weiß genau, was los ist. Die sitzen da rum, tun unglaublich empört, glauben, sie hätten lauter supertolle Ideen, und wollen doch bloß eins: Sie lieben den Stoff und werden mir früher oder später Dope abkaufen, mit dem Geld, das sie von Mama und Papa bekommen haben. Daran denke ich gerade, als Pierre mich anspricht.

»Was denkst du denn darüber?«

Ich sehe ihn an, etwas überrascht, dass er mich anspricht. Alle Augen richten sich auf mich, als würden die Leute am Tisch sich fragen, ob ich überhaupt sprechen kann.

Pierre sieht, wie unbehaglich ich mich fühle.

»Weil wir doch gerade über Rassismus reden, über Polizeistaat und das alles. Aber wir sind ja Studenten, während du …«

»Was ist mit mir?«

Meine Stimme klingt aggressiv, ohne dass ich es wollte.

»Na, du bist doch das eigentliche Opfer dieser repressiven Gesellschaft.«

Erneut sind alle Augen auf mich gerichtet, auf meinen rasierten Schädel, meine an zwei Stellen gebrochene Nase, auf die Narben, die mein Gesicht durchziehen, wie glänzende rötliche Würmer, die sich von meiner dunklen, schlaffen Haut abheben.

»Willst du die Wahrheit hören? Ich glaube, was ihr da quatscht, ist ein einziger Haufen Scheiße. Eure Befindlichkeiten gehen mir am Arsch vorbei. Ich leide unter gar nichts. Ich führe mein Leben, so gut es eben geht. Ich bin kein Student, ich kann noch nicht mal einen Stift halten.«

»Der Faschismus geht uns alle an, Abraham. Da irrst du dich …«

»Sag mal habt ihr sie noch alle? Wovon redet ihr eigentlich, verdammte Scheiße?«

»Das ist doch ganz einfach …«

Ich merke, wie mir die Sicherung durchbrennt. Ich höre regelrecht, wie es knistert, bevor der Stromkreis zusammenbricht. Ich stehe auf, die Fäuste geballt.

»Sag noch einmal, dass ich Unrecht habe vor deiner netten, kleinen Runde hier, und ich haue dir eine rein. Hast du kapiert?«

Ich verlasse den Raum, ohne mich noch einmal umzudrehen.

Am nächsten Tag gehe ich wieder in die Bar. Pierre ist da. Er kommt zu mir und streckt mir zögernd die Hand entgegen. Ich sehe ihn lächelnd an, als wollte ich sagen, »schon gut, Alter«, bevor ich sie ergreife. Wir betrinken uns mit Bier und Whisky. Ich halte mit, bis er völlig blau ist. Als die Bar schließt, sagt Pierre, er hätte noch eine Flasche zu Hause und schlägt vor, dass wir sie uns in seiner Wohnung reinpfeifen.

Während er die Gläser hinstellt, ziehe ich die Schuhe aus, ziehe die Lasche meines Turnschuhs hoch und nehme das Päckchen mit dem Pulver raus. Ich ziehe eine Bahn auf dem Tisch, während er mir zuguckt.

»Was ist das für ein Zeug?«

»Das ist Snief.«

»Was?«

»Na, H.«

»Oh, verdammt.«

»Ja, ich nehme nur ab und zu ein bisschen was.«

Ich bin kein großer H-Konsument. Ich rauche manchmal welches, aber ich drücke nie. Ich hoffe, ich vertrage es heute, wenn ich ihn probieren lasse.

»Hast du das noch nie versucht?«

Ich sehe ihn erstaunt an.

»Nee, nee, aber ich habe immer gedacht, dass ich es eines Tages mal testen will …«

»Warte, wir teilen.«

Ich ziehe zwei neue Linien, während er mir aufgeregt zuschaut.

Ich ziehe mir die Erste rein. Er tut es mir nach, ungeschickt, verteilt dabei das ganze Puder auf seinem Nasenloch. Er will etwas sagen, aber ich bedeute ihm mit einer Geste, den Mund zu halten. Ich grinse dämlich vor mich hin, während ich beobachte, wie die Droge bei ihm wirkt. Kurz scheint er völlig weggetreten, dann wird er blass, muss sich übergeben. Er versucht, einen Schluck Bier zu trinken, um sich davon zu erholen, aber es kommt ihm wieder hoch.

Ich warte ein paar Minuten ab, genieße das Lagerfeuer, das sich in meiner Brust entzündet hat, und beschließe dann, zu gehen. Vorsichtig stehe ich auf. Ich bin etwas wackelig auf den Beinen, aber ich kann stehen. Pierre sitzt zusammengesunken in seinem Sessel, ab und zu dreht er den Kopf, um zu kotzen, durch die Droge hat er nach und nach seinen kompletten Mageninhalt von sich gegeben. Ich finde eine Decke und werfe sie ihm über. Bald wird ihm kalt werden und er wird anfangen zu zittern.

Draußen wanke ich leicht, schaffe es aber aufrecht bis zum nächsten Metroeingang. Ich warte ein paar Minuten auf dem Bahnsteig, bevor ich mich im Zug auf eine Bank fallen lassen kann und die Hochbahn über den Boulevard saust, auf dem ich als Kind gespielt habe. Aber ich werfe keinen Blick durch die Scheibe nach draußen und schenke ihm keine weitere Beachtung, als wären die Empfindungen, die in mir hochkommen und in meinem Gehirn ein tristes Erinnerungskarussell in Gang setzen, die eines Anderen.

Es vergeht ein Monat, bis ich meine Kumpels wiedersehe. Pierre und seine Freunde sind inzwischen richtige Junkies geworden, die bei jeder Gelegenheit, unter dem Vorwand, es ginge um eine spirituelle Erfahrung, den

Kreis meiner Kunden im studentischen Milieu erweitern. Ich komme ganz gut klar und beginne, mich an dieses neue, einsame Leben zu gewöhnen. Wenn ich abends ausgehe, hänge ich fern von meinem Viertel ab, auf dem anderen Seine-Ufer, wo mich niemand kennt. Ich lasse meine Haare wachsen und mir einen Bart stehen, um inkognito zu bleiben. Die Leute bezahlen viel Geld für meinen Stoff. Alle diese Idioten, die ein Problem damit haben, dass sie reich und verwöhnt sind. Sie träumen davon, ein abenteuerliches Leben zu führen und wollen so sein wie ich. Ich fasziniere sie, weil ich es schaffe, jemandem, der mir dumm kommt, die Nase zu brechen. Sie wissen nicht, dass ich sie in Wahrheit beneide. Nicht nur weil sie Kohle ohne Ende haben, sondern weil sie gebildet sind. Ich hasse sie, weil sie eines Tages keinen Respekt mehr vor mir haben werden, und ich dann alleine dastehe. Auf sie wartet ein Leben, sie werden sich verändern. Ich nicht.

Das Problem ist mein Kopf. Ich mache den ganzen Tag lang nichts Richtiges, denke von morgens bis abends über den gleichen Schwachsinn nach. Um das auszuhalten, nehme ich immer mehr Drogen, es wird langsam besorgniserregend.

Mit dem Geld aus den Drogengeschäften kann ich ab und zu eine Tussi ausführen. Es sind meistens hübsche Mädchen, die aus irgendeinem Grund gerade völlig neben der Spur sind. Aber ich treibe die Sache nicht zu weit, weil ich das Gefühl habe, ihre momentane Verwirrung auszunutzen.

Ich könnte ewig so weiterleben, ohne dass mich irgendetwas aus meiner Passivität reißt. Ich bin weder trauriger noch glücklicher als vorher und mir ist bewusst, dass es in meinem Kopf nur einmal klick machen muss, und alles fliegt in die Luft, und mein ganzes tolles Gebilde kracht in sich zusammen. Also trauere ich meinem alten Leben nicht hinterher, denn ich weiß, dass ich dieses alte Mädchen mit dem welken Körper, das ich in- und auswendig kenne, diese Nutte, die ich aus Trotz weiterhin liebe, irgendwann wieder treffen werde, weil nur sie allein mir ein Gefühl von Zuneigung geben kann.

Ich soll zu einer Party bei Saint-Michel kommen. Ich gehe da nicht hin, um mich zu amüsieren, sondern um mein Dope zu verkaufen. Ich will mich nicht lange aufhalten, nur meine Ware abliefern, das Geld einkassieren, aus Höflichkeit noch ein Glas trinken, dann wieder nach Hause gehen, eine Linie ziehen und schlafen.

Ich klingele, Pierre öffnet mir. Er begrüßt mich, führt mich ins Wohnzimmer, wo ein paar Leute diskutieren, mit einem Glas in der Hand, dann winkt er mich in ein Schlafzimmer hinein. Ich folge ihm und ziehe die Tür hinter uns zu. Dort übergebe ich ihm das Beutelchen, und er hält mir das Geld hin. Nachdem er den Stoff eingesteckt hat, macht er wieder auf nett. Als ich seine selbstzufriedene Visage sehe, möchte ich ihm am liebsten eine reinhauen, ihm einen ordentlichen Schlag verpassen, zwischen Mund und Nasenansatz, nur um seine nette, kleine Welt zu zerstören. Ich male mir aus, wie meine Faust sich in seinen Kopf bohrt, während er versucht, ein Gespräch anzufangen. Ich muss unbedingt hier raus. Ich öffne die Tür und habe eine unbändige Lust, was zu trinken. Aber Pierre legt mir den Arm um die Schulter und sagt mir ins Ohr:

»Bleib noch ein bisschen, Abe. Ich möchte dir jemanden vorstellen.«

Dieser Typ ist einfach zu bescheuert. Ich überlege, auf den Drink zu verzichten und möglichst schnell abzuhauen.

»Du weißt, dass ich das nicht mag. Ich verkaufe an niemanden, den ich nicht kenne.«

»Kein Problem, sie will auch nur mit dir reden. Und ich denke, wenn du sie siehst, wirst du deine Meinung ändern.«

Sie hat Mandelaugen, dunkelgrün. Als sie mich sieht, lächelt sie, dann senkt sie den Blick. Ich bin überrascht. Ich dachte, ich würde Frauen für immer hassen, und nun stehe ich da, starre eine an und finde sie schön, ohne dass es eine sexuelle Art der Anziehung wäre. Sie wirkt wie ein Kind, das sich hierher verirrt hat. Wie ich sie so vor mir sehe, kann ich mir kaum vorstellen, dass diese naive Schönheit ihre Unschuld durch braunes Pulver zerstören will.

»Abe, ich stelle dir Alexandra vor.«

Er lässt uns beide mitten im Wohnzimmer stehen, umgeben vom Partylärm. Sie wirkt noch verlegener als ich. Ich beschließe, das Eis zu brechen, und spreche sie direkt an.

»Ich vermute, du willst mit mir nicht über Literatur reden.«

Sie lächelt und blickt mich an.

»Ich hätte nichts dagegen, weißt du.«

Ich lächele zurück, ohne es zu wollen.

»Wie ich höre, verkaufst du gutes Heroin, aber ich hab auch gehört, dass du es nicht an jeden verkaufst.«

Ich weiß nicht, warum ich ihr meine Adresse gebe, wo ich mir doch geschworen hatte, das nie zu tun. Ich sage ihr, sie soll am nächsten Tag vorbeikommen. Als ich gehe, ärgere ich mich, weil niemand wissen darf, wo ich wohne. Wahrscheinlich liegt es daran, dass ich länger kein Mädchen mehr gesehen habe, deshalb bin ich schwach geworden. Aber im Grunde weiß ich, dass dieses Mädchen mich nicht mehr loslassen wird, denn noch nie hat jemand mit einer Kinderstimme mit mir über Drogen geredet.

Am nächsten Tag klopft sie mitten am Nachmittag an meine Tür. Ich mache ihr auf, wir geben uns Küsschen. Ich spüre die Wärme ihres Nackens, als ich mit meinen Lippen ihre Wangen berühre. Sie fragt mich, was ich den Tag über so gemacht habe. Ich antworte ihr, ich hätte eine Menge zu tun gehabt. In Wirklichkeit ist es mir peinlich zuzugeben, dass ich nur auf sie gewartet habe. Sie wirft mir einen kurzen Blick zu, als hätte sie es verstanden.

Sie setzt sich auf meine Couch. Ich gehe in die Küche und komme mit einer Rolle Alufolie wieder. Ich reiße ein Stück ab und lege es auf den Tisch. Sie lächelt und ist aufgeregt wie ein Kind beim Anblick eines Geschenks, das es gleich überreicht bekommt. Ich hole aus meinem Couchtisch ein Säckchen H hervor und lege eine Messerspitze davon oben drauf. Sie holt mechanisch ein Röhrchen aus ihrer Tasche. Ich schaue ihr in die Augen, während ich zwei Streichhölzer anreiße.

Die Flamme züngelt an der Folie hoch, der ekelerregende Geruch von geschmolzenem Aluminium vermischt sich mit dem süßlichen Geruch des flüssigen H. Sie saugt den Rauch langsam ein und hustet ein wenig, bevor sie das Röhrchen an mich weiterreicht. Ich ziehe ihn ebenfalls ein, behalte den Rauch in der Lunge und stoße fast nichts wieder aus. Wir sinken auf die Couch. Sie schmiegt sich an mich. Meine Arme fallen langsam herab.

Ein Drache schwebt in der Luft über unseren Köpfen. Die Hitze geht mir durch und durch, ich glühe förmlich. Ich spüre das Gewicht meines Körpers nicht mehr, nicht die Last meiner kleinen Scheißwelt, die mich jeden Morgen fertig macht, die mich mit ihren schlaffen Fingern packt, während ich nicht wage, mich zu rühren. Flüssige Lava breitet sich in meinem Bauch aus, verbindet alle Organe miteinander, lässt meinen Körper zu einer Einheit verschmelzen und lullt mich ein.

Ich versuche, aufzustehen. Alexandra merkt es und umfasst mein Handgelenk, fest, aber nicht zu sehr. Als könnte sie nicht ertragen, dass ich mich von ihr löse. Ich spüre den Druck ihrer Finger im ganzen Körper und erstarre. Ich möchte mir dieses Gefühl für immer einprägen, mich an diese Hand erinnern, die mich festhält, denn nichts im Leben ist so greifbar und so echt.

Ich bleibe sitzen und schaue sie an, wie ein Mann eine schöne Frau betrachtet, die er wenig kennt, aber die er schon in seinen Armen sieht. Und erst da verstehe ich, dass es mir niemals gelingen wird, all das Verlangen, das ich in mir habe, zu stillen, dass ich aber genauso wenig darauf verzichten kann, und es besser ist, sich das einzugestehen, als sich weiterhin zum Sklaven irgendwelcher Hirngespinste zu machen. In könnte beschwören, dass ich dieses Mädchen in diesem Moment wirklich und wahrhaftig liebe, weil es mir die Augen geöffnet hat.

Tagelang verlasse ich die Wohnung nicht. Ich verharre in einer Art emotionaler Sprachlosigkeit, die mir alle Kraft nimmt. Am Ende empfinde ich nur noch das heftige Verlangen, zu meinem Vater zurückzukehren, meine Freunde wieder zu sehen, um mich zu vergewissern, ob es sie je wirklich gegeben hat.

Und ohne zu verstehen, wie ich dorthin gekommen bin, stehe ich plötzlich auf dem vertrauten Pflaster vor dem Haus von Goran. Es kommt mir so vor, als hätte ich das Viertel erst am Abend zuvor verlassen. Dabei war ich mir sicher, dass es ein seltsames Gefühl sein würde, zurückzukehren, als hätte sich durch unseren Diebstahl die ganze Welt verändert.

Aber nichts hat sich verändert. Da stehen immer noch die gleichen Typen unter dem Vordach herum, gestikulieren, reden laut und verticken ein bisschen Gras. Paris Nord ist immer noch Paris Nord. Ich gehe rüber, sie sehen mich kommen. Ich habe Angst, dass sie mich für jemand anderes halten, wegen meiner langen Haare und meinem Bart, aber sie erkennen mich. Ich drücke ein paar Hände und schon werden sie leiser, als würde mein Anblick sie einschüchtern. Ich frage, ob sie Goran gesehen haben.

»Nein, nein«, antworten sie zögernd. Ich umklammere den Revolver in meiner Manteltasche, ohne darüber nachzudenken. Der Kontakt mit dem Metall beruhigt mich.

»Verarscht ihr mich, oder was?«

»Neulich waren ein paar Typen hier, die haben ihn auch gesucht. Wenn du mich fragst, ist es besser, dass er sich verdrückt hat. Die sahen nicht gerade freundlich aus«, antwortet einer der Typen, den ich öfter zusammen mit Goran gesehen habe.

Ich gehe weg, ohne weiter nachzufragen. Ich weiß,

dass die Typen, die Goran suchen, eine Nummer hinterlassen haben, unter der man sie erreichen kann, sollte er wieder auftauchen oder sollte jemand nach ihm fragen. Und ich bin sicher, dass es im Viertel mehrere Hurensöhne gibt, die bereit sind, uns für einen Schein zu verpfeifen.

Ich gehe nach Hause und blicke dabei ständig hinter mich. Als ich zurückkomme, klaue ich die Glühbirne, die das Treppenhaus beleuchtet, wickele sie in einen Lappen, zertrete sie und verteile die Scherben auf dem Balkon. Ich schließe die Tür doppelt ab und stelle einen Stuhl gegen den Griff. Ich habe Angst, dass sie Goran gefunden haben. Ich weiß, dass sie ihn dann zusammenschlagen, und stelle mir sein blutverschmiertes Gesicht vor. Ich sehe ihn vor mir, wie er seine Peiniger um Gnade anfleht, während einer der Kerle auf ihn zukommt, ihm die kalte Waffe in den Mund rammt und tief in den Rachen stößt, bevor er abdrückt.

Ich muss mich entspannen. Ich schnupfe eine Linie Kokain, spüle eine Mini-Dose Whisky hinterher. Ich lasse mich auf meine Couch fallen und umklammere unwillkürlich den Griff der Knarre in meiner Tasche. Komplett bekleidet schlafe ich ein und denke dabei, dass es an der Zeit wäre, Paris zu verlassen.

Fünftes Kapitel

Von draußen sind Geräusche zu hören. Ich öffne die Augen, richte mich auf, horche ein paar Sekunden. Nichts. Ich lege mich beruhigt wieder hin. Dann höre ich das Knirschen von Scherben. Ich springe auf, fahre mit der Hand in die Tasche. Durch die Berührung mit dem Metall werde ich schlagartig wach. Ich hocke mich in eine dunkle Ecke, meine Muskeln sind bis aufs Äußerste gespannt, die Waffe ist auf die Balkontür gerichtet, die sich langsam öffnet, als würde ein starker Wind dagegen drücken. Der Typ steckt zuerst den Kopf durch. Ich packe ihn am Jackenkragen, ziehe ihn herein und stoße ihn unsanft in die Mitte des Zimmers.

»Nicht bewegen, du Hurensohn.«

Ich mache einen Schritt zur Seite und knipse das Licht an, um sein Gesicht zu sehen.

»Scheiße, was machst du denn hier?«

»Freue mich auch dich zu sehen, Bruder.«

Es ist Goran, er kriegt sich nicht mehr ein vor Lachen und ist total bekifft.

»Verdammte Scheiße, du hast mir einen Schreck eingejagt, du dreckiges Arschloch.«

»Mann, Scheiße noch mal, was bist du für eine Memme geworden, seit ich dich das letzte Mal gesehen habe.«

Ich lächele und halte ihm die Hand hin, um ihn hochzuziehen. Ich bin froh, ihn zu sehen. Ich hole Bier aus dem Kühlschrank und fordere ihn auf, sich zu setzen.

Wir reden die ganze Nacht darüber, was seit der Geschichte passiert ist und leeren dabei eine Dose nach der anderen. Ich frage ihn, was aus Trésor und Nathan geworden ist. Er sagt mir, sie seien in den Süden gefahren, hätten an die Côte d'Azur gewollt.

»Wir hätten es nicht machen sollen«, sage ich.

»Erzähl keinen Scheiß. Wir haben es gemacht, weil es sich gelohnt hat.«

»Du sagst, es hat sich gelohnt, verdammt ... aber jetzt ist diese Bande von Arschlöchern hinter uns her und wird uns nicht mehr in Ruhe lassen. Das ist dir ja wohl klar, wir sollen als abschreckendes Beispiel für alle kleinen Wichser aus dem Viertel dienen, die uns nacheifern wollen.«

»He, Alter, wo ist das Problem? Du hast deine Kohle kassiert wie alle anderen. Also hat es was gebracht.«

»Ja, von wegen, was hat das denn geändert ... Ich hätte mich auch verdrücken sollen, wie Nathan und der andere.«

»Mensch, verflucht noch mal, du bist echt strohdoof. Glaubst du etwa, die haben ein neues Leben angefangen? Glaubst du, für die ist auf einmal alles anders? Meinst du, diese beiden Idioten legen ihr Geld irgendwo an? Ich sage dir, was sie machen: Sie verjubeln alles für Nutten, Dope und anderen Blödsinn. Und danach? Na, wenn sie keine Knete mehr haben, kommen sie hierher zurück, in die gleiche Scheiße, in der wir jetzt sitzen, in diesen verdammten Schlamassel, den wir niemals hinter uns lassen werden. Weil wir uns nicht davon trennen können, Abe. Ich werde für immer hier festhängen, weil ich süchtig bin nach diesem abgewrackten Viertel, den bescheuerten Neonreklamen und den überall herumliegenden Spritzen. Und dir geht's genauso, und darum hast du dir von der Kohle, die du eingesackt hast, ein gottverdammtes Loch gemietet, das nur zwei Schritte von diesem beschissenen Boulevard entfernt ist. Klar, Abe, du hättest Paris verlassen können. Das war die Gelegenheit, von der wir immer geträumt haben. Und was hast du gemacht? Du hast dich entschieden, direkt da zu wohnen, wo wir als Kinder gespielt haben.«

Ich erwidere nichts, er klopft mir auf die Schulter und fragt mich, ob ich vielleicht einen alten Kumpel für eine Nacht beherbergen kann.

Ich klappe die Couch für die Nacht aus. Als wir uns hingelegt haben und das Licht aus ist, frage ich Goran, wie sie uns gefunden haben.

Er tut so, als hätte er meine Frage nicht gehört.

»Goran, verdammt, verkauf mich nicht für dumm.«

»Karim hat uns verpfiffen. Konntest du nicht ahnen, also mach dir keine Vorwürfe, Abe.«

Das muss ich erst einmal verdauen.

»Du kannst solange hier bleiben, wie du willst. Gute Nacht.«

Die Tage vergehen. Ich denke viel an Karim. Ich hatte ihn den anderen vorgeschlagen und nun hat er uns verpfiffen, obwohl ich ihn schon seit Jahren kenne. Das lässt mir keine Ruhe, Goran hatte also doch Recht. Er sagt, ich solle nicht an Rache denken, man könne nun sowieso nichts mehr daran ändern, und dass wir jetzt zumindest wüssten, von wo uns Gefahr drohe. Aber ich denke Tag und Nacht an nichts anderes mehr.

Ich schlafe nachts nicht mehr. Ich dämmere vor mich hin, abgestumpft von den Drogen und dem Alkohol, die den ganzen Hass, der sich in mir aufgestaut hat, weiter anfachen. Ich bin sicher, dass mein Kopf mich eines Tages noch umbringen wird, dass dieses Rad da drin, das sich in Sekundenschnelle in Bewegung setzt und dann immer schneller dreht, mich noch verrückt machen wird. Eines Tages wird es abspringen, von der Achse kippen und unaufhörlich gegen die Innenwände meines Schädels schlagen. Ich habe eine Gnadenfrist und meine einzige Hoffnung ist, den Zeitpunkt, an dem sie abläuft, möglichst lange hinauszuzögern.

Ich habe Schiss, ich nehme immer größere Mengen Drogen und bin auch beim H nicht mehr zimperlich. Es ist das Einzige, was meinen Körper beruhigt und mich innerlich aufwärmt. Es vertreibt zwar nicht die Dämonen, aber zumindest bin ich so gegen ihre hinterhältigen Blicke gewappnet, die mich jede Nacht verfolgen.

Ich gehe kaum noch aus. Wenn Goran nach Hause kommt, findet er mich im selben Zustand vor, in dem er mich verlassen hat. Er begnügt sich damit den Kopf zu schütteln, um sein Missfallen zum Ausdruck zu bringen, und gibt mir damit zu verstehen, dass er mich nicht gerne so sieht, es aber allein an mir ist, mich aus dieser Scheiße heraus zu ziehen. Aber ich rühre mich nicht, bin völlig apathisch und kuriere mich auf meine Art, mit Stoff, meinem zerstörerischen Allheilmittel, so wie ein Obdachloser, der seine Hände in einer eisigen Nacht ins Feuer hält, um wenigstens für einen Moment der Kälte zu entrinnen.

So vergehen die Tage, mittags erwache ich aus einem komaähnlichen Schlaf. Wie jeden Vormittag dämmere ich auf der Couch vor mich hin, mehr tot als lebendig, meine Visage ist völlig aus den Fugen und ich frage mich gerade, was wir wohl für einen Tag haben, als Goran wie ein Wilder in die Wohnung stürmt. Er wirft seinen Mantel zu Boden und beginnt im Zimmer herumzutigern ohne mich zu beachten.

»He, Alter, alles klar?«

Er antwortet mir nicht und späht aus dem Fenster, wobei er vorsichtig das Rollo zur Seite schiebt.

»So eine Scheiße, so eine verfluchte Scheiße …«, murmelt er vor sich hin.

»Verdammt, was ist denn los?«

Er dreht sich zu mir um, leichenblass.

»Sie haben uns.«

»Was?«

»Verdammt, sie haben uns gefunden, kapiert? Keine Ahnung wie, aber sie haben uns gefunden.«

»Man, verflucht, was erzählst du da?«

»Da unten ist ein Typ in einem grauen Auto. Als ich heute Morgen rauskam, saß er da schon und jetzt, als ich wiederkomme, sehe ich ihn wieder. Er hat sich nicht von der Stelle gerührt.«

»Na und, das beweist gar nichts.«

»Und ob, verdammt noch mal, und ob. Da sie jetzt wissen, wo wir wohnen, werden sie bald auf der Matte stehen und uns einkassieren.«

Ich springe auf, mein Herz schlägt mir bis zum Hals.

»Wir müssen sofort abhauen.«

»Nein, wenn er sieht, das wir abzischen, sagt er seinen Auftraggebern bescheid. Glaubst du im Ernst, dass sie uns ein zweites Mal entkommen lassen?«

»Was sollen wir dann machen?«

Ich weiß, an was er denkt. Er weicht meinem Blick aus. Traut sich nicht zu sagen, was ihm durch den Kopf geht. In dem Augenblick weiß ich schon, wie diese ganze Geschichte ausgehen wird. Ich schließe die Augen und spreche ein kurzes Stoßgebet, bevor ich mich auf den Weg mache.

Ich nehme den Notausgang, der nach hinten führt, während Goran durch die Vordertür geht. Er baut sich auf dem Bürgersteig auf, pfeift vor sich hin und tritt von einem Bein aufs andere, als würde er auf jemanden warten. Währenddessen nähere ich mich dem Auto. Der Typ, der zu sehr damit beschäftigt ist, Goran im Blick zu behalten, sieht mich nicht kommen. Ich schleiche mich zur Beifahrertür, reiße sie auf und richte meiner 38er auf ihn. Er zuckt zurück. Ich fordere ihn auf, ruhig zu bleiben, und setze mich neben ihn in den Wagen, die Waffe im Anschlag. Er ist noch ein halbes Kind, kommt mir deutlich jünger vor als ich.

Goran taucht auf und sagt mir, ich solle schnell unsere Sachen aus der Wohnung holen. Ich gehe hoch, nehme meine Sporttasche und stopfe alles rein, was ich greifen kann. Mich überkommt wieder das gleiche Gefühl wie damals, als ich von meinem Vater wegging. Ich habe den Eindruck, erneut eine sinnlose Flucht anzutreten. Ich lasse die Tasche fallen. Es bringt nichts davonzulaufen, denn ich selbst bin das Böse, vor dem ich weglaufen will. Selbst wenn ich bis ans andere Ende der Welt flüchte, wird das mein Leben nicht verändern. Ich schließe die Tür und verdufte, ohne irgendetwas mitzunehmen.

Goran sieht mich mit leeren Händen zurückkommen. Ich denke, er hat verstanden. Ich steige hinten ein. Der junge Typ, auf den die Waffe gerichtet ist, lässt den Motor an. Goran erklärt ihm, wo er langfahren soll, während er ihm die Waffe zwischen die Rippen drückt.

Wir verlassen Paris. Keiner sagt etwas, bis wir auf der Ringautobahn sind. Da bekommt er langsam Schiss.

»Wo fahren wir hin?«

Keine Antwort.

»Wo bringt ihr mich hin, verdammt?«

Er kann die Schluchzer beim Sprechen nicht unterdrücken.

»Ich hab nichts gemacht, Mensch. Ich bin nur aus dem Viertel, ich kenne die noch gar nicht lange. Ich war bisher nur ihr Drogenkurier, sonst habe ich noch nie irgendwas für die gemacht, ich habe mit der ganzen Sache nichts zu tun.«

»Und was hattest du dann in dem Auto vor meiner Tür zu suchen, du Idiot?«, fragt Goran.

Der Kerl fängt an zu stammeln, wieder schluchzt er auf.

»Komm, halt die Klappe, fahr einfach, dann passiert dir schon nichts.«

Wir landen in einem grauen Vorort. Hier und da lungern ein paar Jugendliche auf Bänken herum, es gibt dutzende solcher Orte unweit von Paris. Wir sind nur ein paar Kilometer gefahren, in der Ferne ragen Hochhäuser auf, triste, seelenlose Betonwohnblocks, der Eifelturm scheint Lichtjahre entfernt.

Es sind kaum Leute auf der Straße. Goran dirigiert uns, er scheint sich in dieser Gegend auszukennen, wir erreichen ein brachliegendes Industriegebiet. Dort folgen wir einer Straße, bis zu einem großen Gebäude mit grüner Blechverkleidung.

»Park da neben der Lagerhalle.«

Der junge Typ gehorcht und schaltet den Motor aus. Es herrscht Stille, eigentlich etwas, das leicht und ungreifbar ist und doch ist sie bedrückend. Goran zieht die Handbremse an und der Typ beginnt zu heulen. Er protestiert nicht, als ich seine Tür öffne. Er bleibt sitzen, seine Knie zittern dermaßen, dass ich ihn am Kragen packen muss, um ihn aus dem Auto zu zerren. Schließlich rappelt er sich auf und geht von sich aus auf den Eingang der Lagerhalle zu, schicksalsergeben, als wüsste er schon, was passieren wird.

Wir laufen einen schmalen Gang entlang. Er dreht sich nicht um. Ich höre ihn jammern, höre, wie er mühsam einatmet, wie er die Luft durch die Nase einzieht. Wir kommen vor einer vollkommen verrosteten Tür an.

»Mach auf.«

Er versucht es, hat aber so wenig Kraft, dass seine Hand von der Klinke rutscht. Er muss mit ganzer Kraft dagegen drücken, bis die Tür sich bewegt. Dann stehen wir in der Lagerhalle. Abgesehen von ein paar grauen Kanistern ist sie leer. Der Kerl bleibt auf der Stelle stehen, Goran haut ihm die Waffe zwischen die Schulterblätter. Er fällt auf die Nase, ihm bleibt die Luft weg. Nach einer halben Ewigkeit schafft er es, auf die Knie zu kommen. Nun ist er auf allen vieren und versucht mühsam, sein Gleichgewicht wieder zu finden. Goran versetzt ihm einen Fußtritt in die Seite. Er fällt erneut hin.

»Geh bis in die Mitte des Raums.«

Er gehorcht und schleppt sich mit Mühe dorthin.

»Goran«, zische ich ihm zu, »lass gut sein.«

Aber er antwortet nicht, traktiert den Jungen weiter mit Fußtritten. Der schreit laut auf.

»Goran, verflucht, das ist doch ein Kind.«

Er hört mir immer noch nicht zu. Also fange ich an zu schreien, bis er sich schließlich zu mir umdreht, mit leerem Blick.

»Willst du es machen, Abe?«

Ich schaue mich nach der Tür um.

»Was hast du vor, verdammt?«

Mir bleibt die Luft weg, ich muss hier raus.

Ich reiße die Tür auf, laufe durch den Gang, stoße gegen die Mauern. Ich suche meine Schachtel Zigaretten, finde sie schließlich. Meine Hand zittert so sehr, dass ich es kaum schaffe, eine herauszuziehen und sie mir in den Mund zu stecken. Ich greife nach dem Feuerzeug, aber ich kriege es einfach nicht an. Verfluchtes Zittern. Ich muss es mehrmals probieren, bis eine flackernde Flamme aufscheint, die ich mit meinen Händen abschirme. Die Hitze an meinen Fingern beruhigt mich.

Ich höre den Schuss aus dem Inneren des Gebäudes.

Die Explosion hallt in meinen Ohren wieder. Die Zigarette fällt herunter, als hätte ich sie ausgespuckt, als meine Kehle sich zusammenschnürt. Ich halte mir die Hände vor den Mund, muss trotzdem kotzen, falle zu Boden und werde von Krämpfen geschüttelt. Die Hände auf den Boden gestemmt, kotze ich alles heraus, was ich in mir habe. Ich falle zur Seite. Es fängt an zu regnen, ich berühre mit der Stirn den Boden.

Wir kehren zum Auto zurück. Goran lässt den Motor an. Ich lehne den Kopf gegen das Fenster. Ich will seinem Blick nicht begegnen, denn ich nehme ihm übel, dass er mich gezwungen hat, das mit ihm zu teilen. Ich kenne ihn schon so lange, er ist wie ein Bruder für mich, und ich würde ihn niemals im Stich lassen. Für mich wird er nie ein Mörder sein. Ob ich es will oder nicht, ich muss sein Verbrechen vergessen und werde so zum schmutzigen Komplizen.

Wir lassen das Auto stehen. Goran beschließt, für die Nacht ein Hotelzimmer zu nehmen. Ich folge ihm, ich habe keine Kraft mehr.

Wir sitzen tatenlos rum, rauchen ein paar Joints. Das kleine Zimmer, in dem zwei schmale Betten stehen, ist völlig verqualmt. Goran sitzt auf dem Bett, rollt sich eine letzte Tüte. Ich lege den Kopf in den Nacken, bin mit den Gedanken ganz woanders.

»Warum hast du ihn getötet?«

Ich muss das wissen. Goran schaut zu mir hoch,

wiegt den Kopf hin und her, als würde er nach einer Begründung suchen.

»Was willst du denn hören? Dass ich es bereue? Dass ich nicht weiß, was in mich gefahren ist? Dass ich Panik bekommen habe und dachte, es bliebe uns nichts anderes übrig?«

Er hält einen Moment inne, bevor er weiterredet.

»Du kennst mich jetzt wie lange?«

»Keine Ahnung, fünfzehn Jahre.«

»Wir kennen uns fünfzehn Jahre und du fragst mich warum?«

Ich sage nichts mehr, ich will nicht, dass er mir gesteht, dass er es einfach so gemacht hat, um zu sehen, was passiert. Weil er wissen wollte, ob man ein anderer wird, wenn man jemanden getötet hat, und ob man sich danach mächtig fühlt, weil man weiß, dass man es jederzeit wieder tun könnte, wenn man es einmal getan hat. Ist einer, der einmal getötet hat, nicht für immer ein Mörder?

Diese Gedanken rasen durch meinen Kopf. Ich möchte dieses Zimmer verlassen. Bevor ich die Tür zuschlage, drehe ich mich zu Goran um und sehe, dass er zum Abschied die Hand hebt, ein Lächeln auf den Lippen.

Draußen, unter den Neonlichtern, habe ich immer noch nicht realisiert, was geschehen ist. Ich starre beim Gehen vor mich hin. Die Szenen, die in meinem Kopf ablaufen, verschwimmen, werden befleckt durch Blut,

Tränen und Scheiße. Ich sehe immer und immer wieder die gleichen, zusammenhanglosen Bilder vor mir, sehe die Realität wie durch eine Milchglasscheibe. Mein Selbstzerstörungsprozess hat begonnen, ich weiß, dass alles aus dem Ruder gelaufen ist, dass es sich nicht mehr zurückdrehen lässt. Ich bin nur einer unter Millionen, der sich von den Flammen seiner eigenen Hölle verschlingen lässt.

Eine Gestalt, die vor mir eine Bar betritt, reißt mich aus diesen obsessiv Gedanken heraus. Ich folge ihr automatisch und setze mich ans Ende des Tresens. Er ist es wirklich, ich habe mich nicht getäuscht. Ich habe Karim vor mir, er sitzt am anderen Ende der Bar neben einem Mädchen, dem er irgendwelchen Schwachsinn erzählt. Dieser Hurensohn ist offensichtlich total bekifft, er lacht die ganze Zeit. Mir fällt auf, dass seine Hand verbunden ist. Ich bestelle ein Bier und bemühe mich, ihn nicht auf mich aufmerksam zu machen. Schließlich steht er von seinem Barhocker auf, geht nach hinten und stößt die Tür zur Toilette auf. Ich folge ihm, ohne nachzudenken und öffne langsam die Tür. Karim steht da, mit dem Rücken zu mir, und pfeift beim Pinkeln vor sich hin.

Ich gehe auf ihn zu, packe ihn mit einer Hand am Kopf und schleudere ihn gegen die gegenüberliegende Wand. Er knallt mit der Stirn gegen die weißen Kacheln und stürzt zu Boden, die Hose ist ihm über die Schenkel gerutscht. Ich sehe überall Blut.

»Na, du Hurensohn, du dachtest wohl, du kommst davon?«

Er sieht mich nicht an, hält sich mit beiden Händen den Kopf.

»Du Arschloch, du mieses, kleines Arschloch.«

Ich trete ihn immer weiter. Er hält sich nicht mal die Hände schützend vors Gesicht. Mir steigen die Tränen in die Augen. Völlig außer Atem höre ich auf, ihn zu traktieren.

»Verdammt, ich habe dir vertraut, wie konntest du das nur machen, Scheiße noch mal?«

Er unterbricht mich, den Mund voller Spucke und Blut.

»Glaubst du, ich bin stolz darauf, du Idiot.«

Seine Stimme irritiert mich, langsam dämmert mir, was er mir damit sagen will.

»Hier, sieh dir das an.«

Er wickelt seinen Verband ab und hält mir seine blau verfärbte Hand unter die Nase, an der zwei Finger fehlen.

»Sieh, was sie mit mir gemacht haben, Scheiße.«

Die Tür geht auf, ein Typ kommt rein. Als er das Blut sieht, geht er rückwärts wieder raus.

»Denkst du, ich hatte die Wahl, verflucht … Sieh doch, was diese Arschlöcher mit mir gemacht haben. Hättet ihr da vielleicht dicht gehalten, verdammt, hättet ihr dicht gehalten?«

Er fängt an zu weinen. Ich auch. Ich nehme ihn in

den Arm und drücke ihn fest, halte seinen Kopf fest, als wäre er ein Kind, das ich trösten will.

»Jetzt sind wir geliefert ...«

Irgendwann gehe ich zurück. Goran schläft. Ich beschließe, ihm niemals zu erzählen, was ich gerade erlebt habe. Ich werde ihm nie sagen, was ich an diesem Abend in Karims Augen gelesen habe. Er muss nicht wissen, dass wir verantwortlich sind, er soll das Monster nicht sehen, das wir selbst geschaffen haben.

Sechstes Kapitel

Goran beschließt, eine andere Bleibe zu finden, dieses Mal im 18. Arrondissement. Ohne zu wissen wieso, folge ich ihm. Ich habe keinerlei Entschuldigung. Indem ich es ablehne, zu fliehen, das ist mir bewusst, wird der Mord zu einer Tat, die uns verbindet.

Aber ich vermeide soweit wie möglich, Goran anzusehen, ich ertrage es kaum, mit ihm in einem Zimmer zu sein. Ich laufe den ganzen Tag in der Gegend herum, gehe ins Kino und bleibe für mich … Ich weiß nicht, was er tut, ich will es nicht wissen. Wenn wir uns begegnen, in der Regel abends, wechseln wir notgedrungen ein paar Worte, aber man merkt deutlich, dass etwas zwischen uns nicht stimmt. Wenn ich ihn anschaue, habe ich das Gefühl, meine eigene Visage in Doppelbelichtung zu sehen.

Ich würde alles dafür geben, diese letzten Wochen zu vergessen, mein erbärmliches Leben, das ich davor geführt habe, wieder aufzunehmen. Ich habe Lust, Julia wieder zu sehen. Ich stelle mir vor, wie ich sie nach der Uni abhole, so wie früher. Sie würde mir sagen, dass sie mich liebt und dass sich daran nie etwas ändern wird.

Öfter denke ich daran, zu ihr zurückzukehren, ihr alles zu erzählen und mich in ihren Armen auszuweinen. Aber ich weiß, dass ich es nicht tun werde, weil ich ein Feigling bin, ein ganz gewöhnlicher Verbrecher, der sich der Illusion hingibt, ein Opfer zu sein. Ich erfinde mir einen Peiniger, der mich quält, um nicht darüber nachdenken zu müssen, dass ich mir mein eigenes Grab geschaufelt habe. Ich träume immer wieder den gleichen Alptraum. Ich befinde mich in einem dunklen Zimmer, sitze gefesselt auf einem Stuhl und habe einen breitschultrigen Peiniger vor mir. Ich schließe die Augen, um mich an die Dunkelheit zu gewöhnen. Als ich sie wieder öffne, bemerke ich fünf Personen vor mir. Sie sind in große, weiße Togen gewickelt und sie werfen lange Schatten bis an die Decke. Ihre Augen sind mit einer roten Augenbinde verbunden. Sie sehen in meine Richtung, ohne etwas zu sagen. Ihre amputierten Finger liegen deutlich sichtbar vor ihnen auf dem Tisch … Marionetten mit drei Fingern, die ich gebannt anstarre. Als ich den Mund öffne, um etwas zu sagen, brechen sie in schallendes Gelächter aus und der Raum explodiert vor meinen Augen, wird in einem wilden Strudel weggerissen. Seit einer Woche vergeht keine Nacht, in der ich nicht diese Höllenvision vor mir sehe.

Wieder so ein Morgen, an dem ich schweißgebadet erwache. Ich ziehe eine Jeans über und stürze aus der Wohnung. Ich gehe in die erste Telefonzelle, die ich sehe. Der Geruch nach Pisse steigt mir in die Nase, während ich die Nummer wähle. Beim dritten Klingeln geht sie dran.

»Hallo …«

»Ja, Alexandra, hier ist Abraham, ich weiß nicht, ob du dich erinnerst …«

»Ah, Abe, wie geht es dir?«

»Danke, gut. Wollen wir uns vielleicht treffen?«

»Ja, also wann denn?«

»Wie wär's mit heute Nachmittag?«

»Äh, ja, das müsste gehen.«

Wir verabreden uns in einem Café in Saint-Germain. Ich komme zu früh und setze mich an einen Tisch. Ich warte zehn Minuten, in Gedanken versunken, bis sie reinschneit. Sie hat sich sehr verändert, ihre einstige Frische ist völlig dahin. Sie ist leicht geschminkt, aber das Puder, das sie aufgelegt hat, kann die rauen Stellen in ihrem Gesicht und diese violetten Schatten unter ihren Augen, die von regelmäßigem Drogenkonsum zeugen, nicht überdecken. Ihre Wangen sind eingefallen, ihre Haare verstrubbelt. Sie trägt Hippie-Klamotten, eine weite Schlaghose und einen grobgestrickten Pulli.

»Was machst du so?«, frage ich sie, nachdem wir zwei Kaffee bestellt haben.

»Nicht viel, ich habe mein Studium geschmissen und brauche Zeit zum Nachdenken.«

Als ich ihre Stimme höre und sie vor mir sehe,

zerbricht die Vorstellung, die ich mir von ihr gemacht habe, denn ich hatte das Bild eines hübschen, fröhlichen, jungen Mädchens im Kopf. Ich hasse Veränderungen, sie machen alles kaputt, was ich an Menschen mag. Sie zwingen mir den Anblick der gemeinen Seite derer auf, die ich schätze und die sich selbst zugrunde gerichtet haben, so dass das Gewöhnliche in ihren Gesichtszügen hervortritt. Es ist, als würde man mir einen Kübel Scheiße ins Gesicht kippen.

Sie ist nicht sehr gesprächig, ihr Blick wandert unstet durch den Raum. Ich versuche erfolglos, das Gespräch wieder in Gang zu bringen.

»Könntest du mir vielleicht mit einem Deck aushelfen für heute Abend? Ich stecke echt in der Klemme«, sagt sie auf einmal.

»Weißt du, ich bin nicht mehr so im Geschäft, das wäre ziemlich schwierig.«

»Bitte, es ist echt wichtig.«

Ihre Stimme hat einen flehenden Ton angenommen. Ich bin langsam angewidert.

»Mal sehen, was ich tun kann.«

»Das ist nett, ich habe gerade nicht so viel Geld, aber wir können uns vielleicht anders einigen …«

Sie wirft mir einen verführerischen Blick zu. Das junge Mädchen, das ich kannte, hat sich in eine Drogennutte verwandelt. Sie entschuldigt sich und geht zur Toilette.

Ich bleibe sitzen, kann es einfach nicht fassen, und

rühre solange mit dem Löffel in der Kaffeetasse, bis das Geräusch von Metall, das gegen Porzellan stößt, unerträglich wird. Ohne weiter nachzudenken lege ich ein paar Münzen auf den Tisch und breche auf. Ich gehe die Straße runter, dabei verfolgt mich unaufhörlich ein Bild: Ein Mädchen mit hellen Augen, das mir mal die Hand gehalten hat.

Als ich in die Wohnung zurückkomme, finde ich Goran völlig apathisch auf der Couch vor, er muss erst einmal von seinem Trip runterkommen. Ich gehe gleich in mein Zimmer, schlüpfe zwischen die Laken und schlafe komplett bekleidet ein.

Sie sind alle da, bei der stummen Versammlung der Gaukler, die vor meinen weit aufgerissenen Augen erscheint, eine rote wogende Masse, in der hier und da ein weißer Streifen aufscheint. Ich sehe ihre verstümmelten Hände. Ich schließe die Augen und bete darum, dass sie mich töten, wenn sie nur aufhören, mich zu beobachten. Langsam schlage ich die Augen wieder auf. Keiner mehr da. Ich sehe mich um, versuche meine Arme zu bewegen. Meine Fesseln sind gelöst, ich bin vollkommen frei.

Ich stehe auf, strecke meine schmerzenden Glieder und gehe auf die Tür zu. Ich drehe den Türgriff und komme in ein dunkles Zimmer. In der Mitte kann ich eine Gestalt erkennen. Es wird hell, mit einem Schlag flammt das Licht auf, blendet mich wie eine blutrote Sonne. Mein Vater hängt an einem Seil mitten im Zimmer, ein Hampelmann mit schmerzverzerrtem Gesicht.

Ich renne zu ihm hin und versuche, ihn loszumachen. Ich wende meine ganze Kraft auf, ziehe an seinen Füßen, bis das Seil unter meinem Gewicht nachgibt. Wir stürzen in einer Art Totentanz zu Boden, unsere Gesichter sind aneinander geschmiegt, als gäben wir uns einen letzten Kuss. Ich packe seinen Kopf mit beiden Händen und spüre seine zerquetschte Halswirbelsäule. Sein Gesicht entgleitet mir, als würde er sich weigern, mich ein letztes Mal anzusehen. Schließlich rutscht mir sein Kopf weg und knallt mit einem seltsam dumpfen Geräusch auf dem Boden auf. Es dauert einen Moment, dann ist es vorbei. Nun bin ich ganz allein. Mein Vater ist tot, ohne dass ein Donnergrollen vom Himmel ertönt.

Mitten in der Nacht wache ich schweißgebadet auf, in meinem Kopf rumort es. Ich beschließe, meinem Vater einen Besuch abzustatten. Ich kehre noch einmal zurück in das Viertel, es lässt mich einfach nicht los, aber vielleicht bin ich es selber, der sich immer wieder den Anblick dieser Ruinenlandschaft antun muss.

Ich stehe vor dem Gebäude, in dem ich aufgewachsen bin und drücke auf die Klingel. Keine Reaktion. Ich bekomme es mit der Angst zu tun. Haben sie ihn geholt? Zahllose Bilder von meinem Vater, der nicht versteht, wieso man ihn fragt, wo sich sein Sohn versteckt hat, tauchen in meinem Kopf auf. Ich sehe ihn vor mir, wie er mit einem Schlagring traktiert wird, ich höre, wie nach und nach seine Wirbel brechen, sehe wie sein Gesicht sich in eine rote, geschwollene Masse verwandelt. Ich stelle mir vor, wie er weint, wie er ihnen unter Schluchzen zu erklären versucht, dass er keinen Sohn hat, dass der Junge, den er beherbergt, ein Fremder für ihn ist. Dass auch er sich sehnlichst wünscht, dass dieser Kerl endlich stirbt, weil er nicht versteht, wieso Gott ihn dazu verdammt hat, ihn unter seinem Dach aufwachsen zu lassen. Dass er sich diese Frage jeden Tag stellt und er immer noch keine Antwort darauf gefunden hat.

Ich versuche, mich zu beruhigen, sage mir, dass er wahrscheinlich nur einkaufen gegangen ist, und klopfe an die Loge der Concierge, um sicher zu gehen. Sie späht durch die Scheibe, erkennt mich nicht auf Anhieb, öffnet mir dann aber doch. Sie erklärt mir, dass mein Vater im Krankenhaus ist. Sie wisse auch nicht warum, aber er sei wohl sehr krank, sagt sie. Sie nennt mir das Krankenhaus, in das er gebracht wurde. Ich weiß nicht, was ich dazu sagen soll. Ich nicke nur vage mit dem Kopf und stehle mich davon wie ein Dieb.

Ich beeile mich, ins Krankenhaus zu kommen. Der Warteraum ist fast leer, es sitzen nur ein paar Leute herum. Ich gehe zum Empfang und stelle mich an, stehe kurz darauf stocksteif vor der Person hinter dem Tresen.

»Was kann ich für Sie tun, Monsieur?«

»Ja, also, ich glaube …«, antworte ich nach kurzem Zögern.

»Kann ich Ihnen irgendwie helfen?«

»Eigentlich … nicht … hat sich erledigt, entschuldigen Sie.«

Ich drehe auf dem Absatz um. Ich beschließe, meinen Vater niemals wieder zu sehen. Ich habe ihm schon vor langer Zeit Adieu gesagt.

Als ich zurücklaufe, denke ich wieder an den Überfall, an den Mord und nun auch noch an meinen Vater im Krankenhaus, ohne dass es mir gelingt, daraus irgendeinen Schluss zu ziehen. Ich verspüre nicht die geringste Schuld, weil ich die Empfindungen, die damit einhergehen, längst vergessen habe. Die Drogen, der Alkohol, der kalte Schweiß, wenn es Nacht wird, das sind die einzigen Dinge, die mir vertraut sind. Ich habe den Boden unter den Füßen verloren, bin bei lebendigem Leib in das Grab gestolpert, das ich selbst ausgehoben habe.

Die Angst überfällt mich, als es anfängt zu regnen und ich mich in einem Hauseingang untergestellt habe. Ich erstarre und stehe eine ganze Ewigkeit so da. Der Regenguss ist vorüber, und es gelingt mir nach und nach, meine Muskeln wieder unter Kontrolle zu bringen. Ich schaue zu, wie meine Fäuste sich langsam öffnen und wieder schließen. Mein plötzlicher Anfall von Trübsinn ist vorüber, die Vergangenheit wird von der Gegenwart aufgesaugt durch die bloße Präsenz dieses Körpers, der langsam wieder eine Einheit mit dem Bewusstsein bildet. Ich habe mir mein Leben zurückgeholt.

Jetzt bin ich mir sicher, dass Körper und Seele eins sind. Demnach hört alles gleichzeitig auf. Der Tod ist weder ein Ende, noch ein Anfang, er ist gar nichts, nicht mal ein tiefer Einschnitt. In Wirklichkeit ändert mein Leben nichts am Lauf der Welt.

Ich spüre, wie ich müde werde, ein wohliges Gefühl von Ermattung erfasst mich. Ich laufe, ohne zu wissen, wo ich hingehe, ich weiß nur, dass die Richtung stimmt. Ich ziehe es vor, mir die Flügel zu verbrennen, sterbe lieber, bevor ich die dreißig erreicht habe, als bis ans Ende meines Lebens Regale in einem Supermarkt einzuräumen. So oder so, das weiß ich, werde ich immer den Abgrund suchen.

In diesen letzten Wochen habe ich gelernt, dass es kein Zurück gibt, keine zweite Chance. Ich akzeptiere keine Tränen, nicht einmal meine eigenen. Was ich getan habe, habe ich aus freien Stücken getan, niemand hat mich dazu gedrängt, und selbst wenn es unmoralisch ist, bin ich niemandem Rechenschaft dafür schuldig. Mein Gewissen kann mich nicht mehr verurteilen. Ich hatte die Wahl zwischen dem Wahnsinn und dem Leben, zwischen meinem Verstand und dem Bösen, und ich habe mich entschieden. Ich habe den schändlichen Entschluss getroffen, von jetzt an alles mit Gewalt durchzusetzen, weil ich nicht bereit war, auch nur eine weitere Sekunde zu leiden.

Ich erinnere mich an diesen Abend mit Nathan. Wir hätten jeden anderen Ort wählen können, es gibt weiß

Gott genug finstere Bars in dieser Gegend. Aber wir haben nun einmal beschlossen, in diese zu gehen.

Ich kehre in die Wohnung zurück. Goran ist da, sitzt auf der Couch. Ich würde ihm gerne sagen, was gerade passiert ist. Ich baue mich vor ihm auf, aber kein einziger Ton kommt aus meinem Mund. In dem Augenblick erinnere ich mich ein letztes Mal an eine Episode aus der Vergangenheit, die mir jetzt wie eine Fälschung erscheint.

Ich betrete das Klassenzimmer mit diesem wiegenden Schritt, den ich, ohne es zu merken, den Älteren in meinem Viertel abgeguckt habe. Wir müssen uns an kleine Tische setzen. Der Lärm der Gespräche erschöpft mich. Es gelingt mir, zwei oder drei Bekannte auszumachen, denen ich kurz zunicke. Ich hasse die Schule. Der Typ zu meiner Rechten wirkt auch ziemlich verbittert. Ich habe ihn noch nie gesehen. Obwohl er sitzt, ahnt man, dass er groß ist. Seine Haut ist dunkel, er hat sehr schwarze Haare und dunkle Augen. Er weiß nicht, dass ich ihn beobachte.

Der Lehrer kommt rein und der Lärm in der Klasse wird leiser, bis man nur noch ein Murmeln hört. Wir sollen ein Info-Blatt ausfüllen. Ich nehme ungeschickt meinen Stift zur Hand und beginne zu schreiben. Ich schreibe mein Geburtsdatum. Ich werfe einen Blick zu meinem Nachbarn rüber, dem Neuen. Ich sehe wie seine Hand flink die gleichen Zahlen hinschreibt, wie ich. Ich starre ihn unverhohlen an, mit forschendem Blick, begreife es nicht auf Anhieb.

»Ich glaube, wir haben am selben Tag Geburtstag.« Er lächelt.

»Das kommt nicht so oft vor, oder?«

»Ja, glaube auch. Wie heißt du?«

»Goran, und du?«

»He, alles klar? Verflucht Abe, alles klar?«

Gorans Stimme hallt in meinem Kopf wider und die Erinnerungen verschwinden.

»Ja, alles klar, wieso?«

»Du stehst da jetzt schon zwei Minuten, ohne einen Ton zu sagen. Bist du auf Droge, oder was?«

»Nein, nein, echt nicht.«

Er steht auf, sieht mich kurz an und sagt:

»Du siehst aus, als wärest du gerade von einem Trip runtergekommen.«

»Klar, Alter.«

Er fängt an zu lachen. Ich stimme spontan ein.

»Wie, wär's, wollen wir ausgehen?«

»Was willst du machen?«

»Einen Boxkampf anschauen.«

Wir fahren mit der Metro bis zur Station Charonne. Dann laufen wir noch ein paar Minuten zu Fuß weiter, bis wir vor einer Turnhalle stehen. Ich habe keine Ahnung, woher Goran diesen Ort kennt, ich frage ihn auch nicht. Davor ist nicht viel los, es stehen nur ein paar Typen rauchend vor einer Eisentür. Dahinter liegt die Halle mit dem Boxring in der Mitte, um den etwa hundert Plastikstühle aufgestellt sind.

Innen ist es voll, es riecht nach altem Schweiß. In dem Raum hallt es, so dass die Stimmen verstärkt werden, die Unterhaltungen gehen mir zum einen Ohr rein, zum anderen wieder raus.

Goran kauft bei einer Alten, die hinter einem Schreibtisch sitzt, zwei Karten. Er hat Plätze ausgeguckt, die nicht zu weit vom Ring entfernt sind. Ich hole uns zwei Bier und setze mich wieder hin. Goran zündet zwei Zigaretten an und reicht mir eine, ohne hinzugucken, die Augen weiter starr geradeaus gerichtet, auf irgendeinen undefinierbaren Punkt im Raum. Der Lärm und die vielen Gesichter bringen meine Schläfen zum Pochen. Ich kneife mehrmals die Augen zu, versuche die Anspannung, die mich überkommt, loszuwerden, aber es gelingt mir nicht.

Die Glocke, die den Beginn des Kampfes einläutet, unterbricht mich bei dem Versuch, mich so weit weg wie nur möglich zu wünschen, am besten auf den Mars. Zwei Typen beginnen, im Ring herumzutänzeln. Der eine ist schwarz klein aber kräftig. Der andere ist groß und schmal, seine Haut ist von einem hellen Braun, wie bei den Zigeunern, und er hat eine schiefe Nase. Der Schwarze geht auf ihn zu, er beißt die Zähne zusammen, man sieht das Muskelspiel unter seiner Haut.

Der andere ist entspannt, springt herum und weicht

den ersten Schlägen mühelos aus, fast wie eine Ballerina. Sein ganzer Körper ist locker und erst im letzten Moment duckt er leicht den Kopf, um den Geraden auszuweichen, die auf ihn abgeschossen werden.

Die erste Runde ist vorbei. Auch wenn die beiden Boxer sich jeweils in ihre Ecke begeben, lässt der Zigeuner seinen Gegner nicht aus den Augen. Sein Mund verzieht sich zu einem Lächeln, bevor er den Kampf wieder aufnimmt. Der Schwarze stürmt sofort auf ihn los. Der andere blockt ab, lässt sich in die Seile fallen, beugt sich vor und zielt mit einem Haken auf sein Ohr. Der Schwarze weicht zurück, sein Gegner richtet sich auf, breitet seine Arme aus, die erst noch ganz geschmeidig wirken und sich erst beim Auftreffen auf die Haut versteifen. Man hört den Aufprall der Schläge in der gesamten Halle. Dem Schwarzen rinnt Blut in die Augen.

Ende der zweiten Runde. Die dritte ist gnadenlos. Der Zigeuner zielt, streckt seinen Arm vor, der Staub spritzt von seinem Handschuh, und jedes Mal landet er einen Volltreffer. Der Schwarze schnappt nach Luft, er glaubt einem Jab, der von links kommt, ausweichen zu können, krümmt sich und fängt einen Aufwärtshaken von rechts zwischen Kinn und Lippe ein. Der nächste Schlag trifft ihn nicht mehr, er ist bereits zu Boden gegangen. Der Ringrichter zählt. Der Zigeuner reckt kurz die Fäuste in die Höhe und umarmt flüchtig seinen Trainer. Innerhalb kürzester Zeit ist die Halle leer. Ich schaffe es nicht, aus meinem Kopf das Bild eines roten Hornissenschwarms zu verdrängen, der nach und nach den ganzen Raum einnimmt. Goran klopft mir auf die Schulter und nickt auffordernd. Ich ziehe den Reißverschluss meiner Jacke zu und springe auf, dabei stoße ich meinen Stuhl um.

Wir gehen raus. Die Kälte vertreibt die Röte aus meinem Gesicht. Wir beschließen, bis République zu laufen.

»Verdammt, ich hätte nicht gedacht, dass es so voll sein würde.«

»Abe, komm zu dir! Es ist Samstagabend …«

Als ich am nächsten Morgen aufwache, habe ich einen Entschluss gefasst. Goran ist schon aufgestanden. Er sieht mich an und sage dann, als könne er meine Gedanken lesen:

»Übrigens, ich hatte gar nicht mehr dran gedacht, aber ich habe die Nummer von dem Kumpel von Nathan, von dem, der uns die Waffen verkauft hat.«

Er braucht weiter nichts zu sagen, ich weiß genau, was er damit meint. Wir sollten von jetzt an immer bewaffnet sein, nicht weil es unbedingt nötig wäre, sondern weil wir es so wollen.

»Wir rufen ihn gleich an.«

Wir verlassen die Wohnung, sind noch gar nicht richtig wach. Das Tageslicht schmerzt in den Augen. Wir betreten ein Bistro. Ich bestelle zwei Kaffee, während

Goran telefonieren geht. Zwei Minuten später kommt er zu mir an den Tisch.

»Und?«

»Ich soll ihn bei Châtelet treffen, er holt mich da mit dem Auto ab.«

»Um wohin zu fahren?«

»Verdammt, Abe, keine Ahnung.«

Er lächelt mich an.

»Wir legen unser restliches Geld zusammen. Sag ihm, dass wir zwei Knarren wollen.«

»Wir haben nicht mehr viel übrig.«

»Ach was, du musst ihm nur sagen, dass wir Kumpels von Nathan sind.«

»Du denkst doch nicht im Ernst, dass ihn das interessiert.«

Ich kehre allein in die Wohnung zurück, hänge rum, mache mir einen Kaffee und bemühe mich, die Finger vom Stoff zu lassen. Wir haben bald kein Geld mehr und das macht mir Sorgen. Ich lasse mir allen möglichen Blödsinn durch den Kopf gehen, nur um nicht daran zu denken. Wir haben immer noch nichts von Nathan und Trésor gehört. Vielleicht sind sie ja wieder in Paris? Tatsächlich ist es mir egal, was aus ihnen geworden ist. Das Einzige, was mich interessiert, ist eine Waffe zu kriegen.

Endlich kommt Goran zurück, einen Schuhkarton unterm Arm. Er öffnet ihn vor meinen Augen. Zwei chromglänzende Revolver mit kurzem Lauf kommen zum Vorschein.

Er lässt sich geräuschvoll auf die Couch fallen, stößt einen tiefen Seufzer aus.

»Verdammt, dieser Typ ist ein dreckiger Hurensohn.«

»Warum, war er misstrauisch?«

»Scheiße, dieses Arschloch ist total durchgedreht. Er holt mich in Château-Rouge ab. Als ich ihm sage, dass ich die Waffen sofort haben will, flippt er total aus. Ich sage ihm: Verdammt, reg dich ab, ich bin kein Bullen-Arsch, ich bin's, Goran, einer aus dem Viertel ... Und da sagt er zu mir: Na klar, aber ich kenne dich nicht, du sagst, du bist aus dem Viertel, du bist ein Kumpel von Nathan ... Ich werde langsam ungeduldig, und da hält dieses Arschloch mir doch glatt eine Knarre vor die Fresse.«

»Nein, ist nicht wahr?«

»Ich schwöre es, er hat mir eine verdammte Knarre an die Schläfe gehalten.«

»Ja, und dann?«

»Na, ich habe mich nicht gerührt, nicht mal mit der Wimper gezuckt. Er hat gesehen, dass ich nicht beeindruckt war und hat sie weggenommen ... Abe, schwör mir, dass wir diesen Hurensohn töten.«

Ich sage nichts, stehe auf und will den Raum verlassen.

»Abe, schwör es mir.«

Ich drehe mich wieder zu Goran um. In meinem Bauch kribbelt es, als würden tausend Schmetterlinge drin herumflattern. Von nun an ist klar, dass das kein Spiel mehr ist.

»Du brauchst mein Wort nicht. Klar bringen wir ihn um.«

Siebtes Kapitel

Es gibt mir ein Gefühl von Sicherheit, wieder eine Waffe zu haben, aber dieser Kauf hat unsere letzten Reserven aufgebraucht. Ich will nicht mehr unter Geldmangel leiden, ich will nicht mehr dahin zurück, wo ich mal war. Von nun an werde ich nichts mehr dem Zufall überlassen. Das habe ich mir selbst versprochen, das ist die beste Medizin gegen das Böse, das mich innerlich auffrisst.

Ich erkläre Goran, dass wir Geld auftreiben müssen. Ich spreche diese Worte aus, ohne mir klar zu machen, was sie bedeuten. Ein einfacher Satz, hinter dem sich eine Pfütze aus Blut und Tränen verbirgt, ein einfacher Satz, der für mein weiteres Leben von entscheidender Bedeutung sein kann. Kaum habe ich ihn ausgesprochen, habe ich das Gefühl, die Galle kommt mir hoch und ich muss schlucken.

»Das ist mir schon klar, Abe. Ich würde auch gerne einen Batzen Kohle besorgen. Aber verdammt, wo soll das Geld herkommen?«

»Als ich nach dem Überfall abgehauen bin, habe ich meinen Stoff bei einem Typen gekauft, der an der Metrostation Sentier herumhängt. Er heißt Max. Ein echter

Blödmann, der immer versucht, bei der Menge zu tricksen, wenn du nicht aufpasst. Egal, dieser Typ verdealt sein Zeug an irgendwelche Bonzenkinder und streicht eine Menge Knete ein.«

»Hör auf mit dem Quatsch, wir überfallen doch keinen kleinen Dealer.«

»Lass mich doch ausreden, Goran. Eines Abends, an einem Samstag, nachdem er seine Runde gedreht hatte, war er betrunken und wollte sich vor mir aufspielen, zeigte mir ein dickes Bündel Geldscheine. Das waren mindestens 10.000. Außerdem gestand mir dieser Idiot, dass er alles bei sich zu Hause aufbewahrt.«

»Und du weißt, wo er wohnt?«

»Nee, werden wir aber bald wissen.«

»Aber der kennt dich doch, oder?«

»Klar, aber das ist nur günstig für uns.«

»Hallo?«

»Hallo Max, ich bin es nur, Abe.«

»Was willst du?«

Er ist kurz angebunden. Dieser Blödmann lässt den harten Burschen raushängen.

»Ich will dich nur mal wieder treffen, das letzte Mal ist lange her. Wir könnten was trinken und ein bisschen reden.«

»Hm.«

»Du dreckiger kleiner Idiot«, sage ich lautlos vor mich hin.

»Oh, prima. Wo wollen wir uns treffen?«

»An der Metro Château d'Eau, achtzehn Uhr.«

Ich treffe ihn dort wenige Minuten später. Wir geben uns die Hand und betreten das erstbeste Café. Wir setzen uns hin, fangen an zu reden, geben irgendwelche Banalitäten von uns, ich warte darauf, dass er mich unterbricht, was er dann auch tut.

»Abe, deine Geschichten interessieren mich nicht die Bohne. Sag mir, warum wolltest du mich sehen?«

»Ich will dir nur ein super Geschäft vorschlagen. Ein Kumpel von mir kommt nämlich nach Paris. Weißt du, er ist nicht von hier und will 50 Gramm H verkloppen. Aber das ist eben das Problem. Er kennt niemanden und er braucht die Kohle ganz schnell. Man kann ihm seinen Stoff also zum halben Preis abkaufen. Wenn ich die Knete hätte, würde ich es machen, aber ich bin gerade total pleite.«

»Und was hast du von der ganzen Sache?«

»Na, ganz einfach, ich gebe dir den Tipp und du gibst mir ein bisschen was dafür.«

»Ich kenne den Kerl nicht und ich mache keine Geschäfte mit Typen, von denen ich noch nie gehört habe«, sagt er nach kurzem Zögern scharf.

»Hör mal, ich komme zu dir, weil ich mich nicht an die Typen in meinem Viertel wenden will, die hauen mich bestimmt übers Ohr. Ich will die Sache über dich abwickeln, weil du ein Einzelner bist und weil du korrekt bist. Wenn du kein Interesse an Stoff zum halben

Preis hast, dann bist du ein Idiot und wirst nie groß ins Geschäft kommen.«

»Denkst du, ich mache das nur zum Spaß, oder was?«

Ich habe ihn an seiner empfindlichen Stelle getroffen. Er will nicht wie ein Amateur dastehen. Er kratzt sich am Kopf und sagt: »Okay, die Sache läuft, ich hole dich morgen um halb zehn an der Rue Saint Denis ab. Du bringst mich zu deinem Kumpel. Ich sehe mir die Ware an und wenn sie gut ist, treffen wir uns abends für die Übergabe. Über dein Trinkgeld reden wir später.«

»Das ist okay.«

Ich gebe ihm die Hand zum Abschied und ohne es zu wollen, schaue ich ihn dabei wie jemanden an, der praktisch schon tot ist. Er lächelt, und ich staune über seine gute Laune und amüsiere mich darüber, dass ein zum Tode Verurteilter seinem Henker gegenüber so liebenswürdig ist.

Ich kehre zurück nach Hause und erzähle Goran alles, er beglückwünscht mich und erläutert mir den Plan für den nächsten Tag. Als es Nacht geworden ist, schlafe ich ein, ohne noch einmal an das zu denken, was mich erwartet.

Ich verlasse die Wohnung um zehn Uhr, um in die Rue Saint-Denis zu fahren. Ich habe Max gesagt, dass ich da wohne. Eine halbe Stunde später treffen wir uns dort und ich steige zu ihm ins Auto. Auf dem Weg erzählt er mir irgendwelchen Blödsinn, und ich bemühe mich, ihn zu überbieten, schmiere ihm Honig ums Maul, damit er sich entspannt. Ich dirigiere ihn in den Norden von Paris, zu dem Ort, den ich mit Goran verabredet habe. Wir fahren zwanzig Minuten, bevor ich ihm sage, in welcher kleinen Straße er parken soll.

»Wir sind da.«

»Verflucht, nicht gerade anheimelnd hier.«

Ich antworte nicht und steige aus dem Auto. Er folgt mir und kann sich gerade noch die Beine vertreten, da tritt schon Goran aus dem Schatten heraus und verpasst ihm von hinten mit dem Griff seines Revolvers einen heftigen Schlag auf den Kopf.

Goran knebelt ihn, dann komme ich ihm zu Hilfe, und wir wuchten ihn in den Kofferraum.

Als er wieder zu sich kommt, befindet Max sich in einem Keller, an einen Stuhl gefesselt. Er fängt an zu schreien, ohne dass wir verstehen können, was er sagt. Ich gehe zu ihm und nehme ihm den Knebel aus dem Mund.

»Verdammt, du mieses Arschloch hast mich reingelegt …«

Der erste Schlag trifft ihn in der Nierengegend und nimmt ihm den Atem. Ich verpasse ihm einen weiteren hinter die Ohren und packe seinen Kopf mit beiden Händen.

»Du sagst mir jetzt, wo du wohnst und wo du deine Kohle versteckt hast, sonst schneiden wir dir die Finger ab.«

Keine Antwort. Ich hole die Gartenschere raus, greife nach einer Hand an seinem Rücken, halte einen Finger fest. Die stählerne Beißzange durchtrennt sein Fingerglied. Seine Muskeln geben nach, er schreit auf und wird bewusstlos.

Wir verpassen ihm ein paar Ohrfeigen und kippen 90-prozentigen Alkohol über seine Hand. Das Gewimmer geht von Neuem los. Wir bearbeiten ihn weiter, bis er schließlich jeden Widerstand aufgibt.

Goran wischt sich mit einem Taschentuch das Gesicht trocken. Auch ich bin schweißgebadet. Der Gestank nach Scheiße, vermischt mit dem Geruch von Blut, sticht mir in die Nase. Max ist bewusstlos auf seinem Stuhl zusammengesackt. Er hat uns alles gesagt. Sein Kopf ist zur Seite gefallen. Ich hole die Waffe raus und richte sie auf ihn, aber ich zögere abzudrücken. Mich überkommen Zweifel: Wenn er uns nun angelogen hat? Ich suche nach einem Ausweg, bevor ich mich dazu durchringe, ihn abzuknallen. Ich schaue Goran an, dann mein Opfer, ich weiß nicht so genau, wo ich hinzielen soll. Ich trete ein paar Schritte zurück, um nicht vollgespritzt zu werden, und versuche, auf den Kopf zu zielen. Ich zittere derart, dass die erste Kugel über ihn hinweggeht. Die zweite ist ein Volltreffer. Der Knall der Explosion dreht drei Runden in meinem Gehirn, bevor er sämtliche Höllen zum Einsturz bringt, die sich dort breitgemacht haben.

Wir nehmen sein Auto und fahren vorsichtig zu seiner Wohnung. Max hat nicht gelogen. In seinem Kühlschrank sind 3.000 Euro und fast 100 Gramm Koks. Goran holt die Kohle und den Stoff mit einem breiten Lächeln heraus und verstaut alles in einer Sporttasche. Wir wollen gerade gehen, als wir hören, wie ein Schlüssel im Schloss umgedreht wird. Wir pressen uns zu beiden Seiten der Tür an die Wand. Eine Frauenstimme ruft: »Ist da jemand?«

Sie geht drei Schritte in die Wohnung und als sie gerade die Tür hinter sich schließen will, packt Goran sie an den Schultern und drückt sie gegen die Wand. Ich stoße ihr die Waffe in den Nacken.

»Wehe, du bewegst dich und schließ die Augen.«

Sie beginnt zu wimmern. Ich reiße ihr die Tasche weg und leere den Inhalt auf dem Boden aus. Ihr Ausweis fällt heraus.

»Dein Typ ist nicht da und er kommt auch nicht mehr wieder. Ich behalte deinen Ausweis. Ich weiß, wo du wohnst. Wenn du auf die Idee kommen solltest, jemandem was zu erzählen, statten wir dir einen Besuch ab, klar?«, flüstere ich ihr ins Ohr.

Sie nickt.

»Du bleibst hier stehen und zählst laut bis hundert. Wenn du dich vorher von der Stelle rührst, mache ich dich kalt.«

Sie beginnt zu zählen, schluchzt bei jeder Zahl auf und kneift die Augen fest zusammen, um sie nicht versehentlich zu öffnen.

Ihr Schluchzen wird stärker.

»Ich habe eure Gesichter nicht gesehen, tut mir nichts, ich sage auch nichts.«

»Halt die Klappe und zähl weiter, verdammt.«

Sie zählt weiter.

»Lauter!«

Sie gehorcht. Die Tränen laufen ihr übers Gesicht. Goran schaut mich an, zögert. Ein Schuss in einem Wohnhaus ist riskant.

Wir stürzen nach draußen. Auf der Straße können wir in der anoynmen Masse untertauchen und die kühle Abendluft befreit meinen Körper von der Anspannung, die sich in mir ausgebreitet hat. In der Metro reden wir kein Wort. Zurück in der Wohnung lasse ich Goran das Geld zählen. Ich brauche eine Dusche. Ich bleibe unter dem Strahl stehen, die Hände gegen die Fliesen gedrückt und lasse mich von dem reinigenden Wasser wärmen. Nachdem ich fertig geduscht habe, ziehe ich saubere Klamotten an.

»Ich gehe kurz raus, Goran.«

»Was hast du denn nun schon wieder vor?«

Ich gehe zu ihm hin, als wollte ich nicht zu laut reden.

»Ich schmeiße die Waffe weg. Wir können sie nicht hier behalten. Außerdem haben wir ja noch eine andere Knarre.«

Goran sieht mich beunruhigt an. Er macht den Mund auf, aber ich komme ihm zuvor.

»Keine Sorge, wir kaufen uns eine andere, wenn es erforderlich ist, aber wir können sie nicht behalten.«

Ich ziehe meinen Mantel über und gehe raus.

Meine Nervosität legt sich allmählich, während ich zur Seine schlendere. Ich warte, bis ich allein bin, dann werfe ich die Waffe in die Mitte des Flusses. Ich habe das Gefühl, ganz Paris hört das Geräusch der aufs Wasser aufschlagenden Pistole. Ich drehe mich um und stelle fest, dass ich vollkommen allein bin.

Ich gehe zurück, erschöpft von meinem fast zweistündigen Fußmarsch. Goran ist nicht mehr in der Wohnung. Ich gehe ins Schlafzimmer, ziehe mich aus und lege mich ins Bett.

Ich komme in ein lichtdurchflutetes Zimmer und schließe zwei Mal kurz die Augen, bevor ich sie wieder öffne. Da sitzen zwei Kerle an einem Tisch, auf dem Waffen liegen. Sie sehen mich lächelnd an. Ich kenne sie, ich habe sie schon zwei Mal gesehen, durch die Sehschlitze meiner Sturmhaube. Ich gehe auf sie zu, ich empfinde gar nichts. Der große Dünne mit den Goldzähnen hat Blut auf seinem Hemd. Seine Nase hängt ihm schief im Gesicht.

»Ich glaube, du hast mir die Nase gebrochen«, herrscht er mich an.

Bei diesen Worten beginnen die beiden zu glucksen. Ich gehe weiter auf den Tisch zu, bleibe wie angewurzelt vor ihnen stehen. Ich sehe sie an, regungslos, als ob ich ein Gemälde anschauen würde. Sie lachen weiter, Tränen treten ihnen in die Augen.

»Sie können mir nichts anhaben«, sage ich ruhig.

Sie hören plötzlich auf zu lachen, starren mich an. Der Große will den Mund aufmachen, aber er überlegt es sich anders. Die beiden werfen sich erneut Blicke zu, lächeln einander an und brechen wieder in schallendes Gelächter aus. Ich werfe einen Blick an die Decke, drehe ihnen den Rücken zu und gehe in aller Ruhe zur Tür, ohne Angst zu haben. Ich höre, wie sie mir etwas nachrufen.

»Geh nicht, leiste uns ein wenig Gesellschaft.«

Ich drehe mich nicht um. Die Erde verdunkelt sich unter meinen Schritten. Auf dem Boden zeichnet sich ein Fleck ab. Zunächst ist es nur ein undefinierbarer Fleck, dann sehe ich, wie seine Konturen immer deutlicher hervortreten, bis ich vor einem blütenweißen Schädel stehe.

Als ich am nächsten Morgen aufwache, habe ich das Gefühl, Jahrhunderte geschlafen zu haben. Als ich die Augen aufschlage, weiß ich, dass alles okay ist, dass mein Körper mir heute gehorchen wird. Dieses Gefühl hatte ich schon lange nicht mehr.

Mein Leben wird in den nächsten Tagen einfacher. Ich habe keine Angst mehr. Dieses Gefühl, von einer zähen Masse festgehalten zu werden, die alles auf ihrem Weg erstarren lässt, ist vorbei, sie wird mich von nun an verschonen. Ich habe einmal getötet, ich bin sicher, ich werde es wieder tun.

Ich weiß, dass ich nicht lange leben werde. Aber niemand kann voraussagen, wie mein Ende aussehen wird:

Ich könnte von einer Kugel in den Rücken getroffen werden, aber ich könnte genauso gut wie irgendein Idiot auf dem Weg zum Zigarettenholen vom Auto überfahren werden. Die meisten Leute haben Angst vor dem Leben und das Einzige, was sie davon abhält, sich die Kugel zu geben, ist ihr Glaube, dass es irgendeine Art von Gerechtigkeit gibt, dass am Ende alles gut wird. Sie betrachten das Leben zu keinem Zeitpunkt als einen chaotischen Ablauf, als etwas Zufälliges, dessen Entwicklung nicht von einer höheren Macht abhängt, sondern allein davon, wie die Würfel fallen. Würfel, von denen man weder die Form kennt, noch weiß, wie viele Seiten sie haben.

Ich sage zu Goran, dass wir nicht das ganze Geld verpulvern dürfen, sondern Stoff kaufen sollten. Zusammen mit dem, den wir vorgefunden haben, könnten wir einiges erreichen. Ich erzähle ihm von den Naivlingen auf dem linken Seine-Ufer, die bereit sind, ein Vermögen für den Stoff zu bezahlen. Ich erkläre ihm, dass wir das Risiko gering halten, wenn wir den Stoff in Kellern am Stadtrand deponieren, wo die Typen ihn sich abholen können.

Ich nehme Kontakt zu Pierre auf und verabrede mich mit ihm in einer Wohnung, ein Unterschlupf, den ich mit Goran gemietet habe. Als ich ihm die Tür öffne, erkenne ich ihn kaum wieder, er hat bestimmt fünfzehn Kilo abgenommen und sieht wie ein echter Hippie aus.

»Hi, Abe. Super, dich mal wieder zu sehen.«

Ich habe schlagartig Lust, ihm die Fresse zu polieren. Ich halte mich zurück. Ich lege ihm kurz die Fakten dar.

»Pierre, ich verkaufe wieder an der Sorbonne und du wirst mein Mittelsmann. Ich überlasse dir ein bisschen Stoff von super Qualität. Du lässt möglichst viele Leute probieren und sagst, dass du es leicht besorgen kannst. Und dann nimmst du die Bestellungen auf. Ich treffe dich in der Bar, in die du immer gehst. Du musst jeden Abend dort sein, weil ich unangemeldet vorbeikomme, einmal in der Woche. Ich bereite den Stoff vor, du gibst mir die Kohle und wir geben dir das Zeug. So wird es ablaufen. Du kriegst natürlich ein Gehalt und bekommst Provision.«

»Ja, aber das ist ganz schön riskant für mich.«

»Darum bezahlen wir dich ja.«

»Ich weiß nicht recht.«

Ich spüre, wie meine Augen zu brennen beginnen.

»Hör zu, du verdammter Idiot. Guck dir an, in welchem Zustand du bist, du würdest deine Mutter für eine Linie Koks verkaufen. Also stell dich nicht so an.«

Ich hole den Revolver raus, den ich die ganze Zeit in der Manteltasche hatte, entferne fünf der sechs Kugeln aus der Trommel und drehe sie auf dem Handrücken weiter. Pierre beginnt zu heulen, als er mir dabei zusieht. Kaum habe ich ihm die Kanone in den Nacken gestoßen, schließt er die Augen und murmelt ein Gebet. Ich spanne den Hahn. Pierre macht sich in die

Hose. Klick. Ich richte die Kanone auf den Boden und murmele ihm ins Ohr:

»Du wirst tun, was ich dir sage, du wirst deine Sache gut machen und alle werden zufrieden sein. Wenn du mir Stoff klaust, knalle ich dich ab, wenn du zu viel redest, knalle ich dich ab, wenn du vor deinen Kumpels damit angibst, knalle ich dich ab, wenn du mit den Bullen redest, knalle ich dich ab. Du kannst in deiner Freizeit tun und lassen, was du willst, das ist deine Sache, aber wenn du auch nur ein einziges Mal unangenehm auffällst, wird das übel für dich enden.«

Er sieht völlig fertig aus. Genau das ist meine Absicht. Ich tätschele ihm die Wange.

»Hör zu, Kumpel. Ich vertraue dir und du wirst ganz locker Kohle machen. Keine Sorge. Es wird alles gut gehen und du wirst mir noch dafür danken.«

Ich hole ein Beutelchen Stoff raus, ziehe zwei Linien auf dem Tisch.

»Komm, entspann dich, Alter.«

Er stürzt mit der Nase voran zum Tisch und zieht sich das Koks in Nullkommanichts rein. Dann lässt er sich auf eine Couch fallen. Ich zünde ihm eine Zigarette an und lege ihm die Hand auf die Schulter.

»Ich verlasse mich auf dich, Kumpel.«

Ich gebe ihm das Säckchen. Er lächelt mich breit an. Ich kann alle seine Zähne sehen. Krampfartig nickt er immer wieder, er hört gar nicht mehr auf damit. Er hat eine Scheißangst.

Ich gehe zurück zu Goran und erzähle ihm die ganze Geschichte.

»Bist du sicher, er hält dicht? Ich traue Junkies nicht.«

»Vorläufig haben wir Ruhe. Er hat zu viel Schiss und braucht das einfach zu dringend, um seinen Stoff zu bezahlen. Eines Tages wird er uns im Stich lassen, aber er kann uns nicht ausfindig machen. Es gibt kein Risiko.«

»Und wenn es vorbei ist?«

»Dann finden wir was anderes, Goran.«

»Umso besser, denn Drogen finde ich nicht so spannend.«

Er schluckt und sagt dann:

»Ich würde gerne mal wieder ein paar Typen hops nehmen, mit der Knarre in der Hand.«

Ich antworte nicht. Er weiß, dass ich das Gleiche denke.

Am nächsten Tag kaufen wir uns mit Bargeld einen gebrauchten BMW mit gelben Scheinwerfern. Ich bitte Goran, mich am frühen Abend im 5. Arrondissement abzusetzen. Als er mich raus lässt, ist es 18 Uhr. Vor mir erhebt sich der Panthéon und wie jedes Mal, wenn ich daran vorbeilaufe, frage ich mich, ob diese »bedeutenden Männer« es toll finden, dort oben auf dem Hügel eingesperrt zu sein wie die Idioten. Ich laufe eine Stunde im Viertel herum, bevor ich in das Café gehe, in dem ich Pierre getroffen hatte. Ich habe meine Knarre dabei, man weiß ja nie.

Ich setze mich an die Bar und werfe einen Blick in den Raum. Pierre ist nicht da. Ich bestelle ein Bier. An den Tischen sitzen nur Studenten, Langhaarige, die mal eben eine neue Weltordnung erschaffen. Die Zeiger der Uhr rücken vor. Ich bestelle ein zweites Bier und sage mir, dass dieser Hurensohn nicht kommen wird. Aber dann taucht er doch auf. Ich nehme mein Bier, und wir setzen uns an einen Tisch etwas abseits. Sein Gesicht ist schweißbedeckt, er hat tiefe Ringe unter den Augen. Ich zwinkere ihm zu, um ihm zu bedeuten, dass alles gut gehen wird, dass es keinen Grund zur Sorge gibt. Das beruhigt ihn, er entspannt sich ein wenig.

»Und, lief es diese Woche gut?«

»Ich habe gemacht, was du gesagt hast. Ich war auf allen Partys. Ich habe eine Menge Typen den Stoff probieren lassen.«

»Und?«

»Ich habe Bestellungen über insgesamt zwölf Gramm aufgenommen und das ist erst der Anfang ...«

»Gut gemacht, Pierre.«

Er lächelt. Er weiß, dass er seine Belohnung kriegt.

»Komm morgen in der Wohnung vorbei, in der ich dich neulich getroffen habe. Die Tür wird offen sein. Im Ausguss in der Küche wirst du ein Beutelchen finden. Wir sehen uns nächste Woche wieder.«

Ich stehe auf und stecke ihm einen Hunderter und

ein Gramm Kokain zu. Ich gehe raus, ohne mich noch einmal umzudrehen.

Ich kehre zurück in die Wohnung, um Goran zu treffen. Ich erzähle ihm alles, er ist zufrieden. Wir reden über andere Sachen, rauchen auf der Couch im Wohnzimmer einen Joint. Goran steht auf, ohne was zu sagen. Er öffnet den Kühlschrank.

»Abe, wir haben nichts zu futtern und wir haben kein Bier mehr.«

»Hm-hm, ich weiß.«

»Lass uns einkaufen.«

»Ich will nicht raus.«

»Komm, wir nehmen das Auto.«

»Aber du fährst.«

Wir entscheiden uns, noch einen kleinen Abstecher zu machen, bevor wir zum Supermarkt fahren. Wir fahren in aller Ruhe durch Paris, mit heruntergelassenen Scheiben. Es ist nur wenig Betrieb auf den Straßen, man merkt, dass der Abend anbricht. Das ist einer der wenigen Momente, in denen Paris friedlich wirkt, in denen seine Einwohner entspannt sind. Zwei Stunden früher herrscht noch das reinste Chaos, die Leute haben Feierabend, die Metro ist brechend voll, die Vollidioten in ihren Anzügen haben es eilig, nach Hause zu kommen. Zwei Stunden später geht der Zoff los. Wegen nichts und wieder nichts werden Messer gezückt und Schlägereien angefangen. Aber bis es soweit ist, kann Paris ganz angenehm sein.

Goran schaut wiederholt in den Rückspiegel. Er blinzelt ständig.

»Verdammt, Goran, was ist los?«

»Gar nichts, warum?«

»Verarsch mich nicht. Du starrst die ganze Zeit wie ein Blöder in den Rückspiegel.«

»Hast du den schwarzen Renault hinter uns gesehen? Den habe ich schon bemerkt, als ich dich heute Nachmittag abgesetzt habe.«

»So ein Auto haben tausend Leute ...«

»Ich schwöre es dir, Abe, ich schwöre es dir.«

»Goran, du bist bekifft und erzählst Blödsinn. Achte gefälligst auf die Straße, Mann.«

Der Renault verschwindet aus dem Rückspiegel. Goran entspannt sich und bricht in Gelächter aus.

»He, Mann, lass mich doch mal ein bisschen Public Enemy No. 1 spielen ...«

Er kann nicht mal seinen Satz beenden, so sehr muss er lachen.

Er parkt das Auto in zweiter Reihe vor dem Supermarkt. Ich steige aus und gehe auf das Geschäft zu. Er beginnt zu regnen. Goran ruft mir was nach, bevor ich reingehe.

»Vergiss nicht mein Bier, du Arsch.«

Ich drehe eine Runde durch die Gänge. Pfeifend komme ich an die Kasse.

Ich gehe schwer beladen zur Tür, eine Tüte mit Lebensmitteln in der Hand, die Bierdosen unterm Arm. Mit dem Fuß stoße ich die Ladentür auf und stehe auf der Straße. Goran lehnt am Auto und raucht eine Zigarette. Er dreht sich zu mir und fängt an zu reden. Ich höre nicht zu. Meine Augen bleiben an dem schwarzen Auto hängen, das auf uns zufährt. Ich sehe, wie es abbremst, auf meiner Höhe anhält, mit heruntergelassenen Scheiben. Zu spät stelle ich eine Verbindung her. Die ersten Schüsse höre ich, bevor ich überhaupt verstanden habe, was los ist. Ich werfe mich zu Boden, hinter unseren Wagen. Eine automatische Waffe ballert los, zerreißt mir das Trommelfell. Das Auto rast davon. Ungeschickt hole ich meine Waffe hervor, versuche auf das fliehende Auto zu zielen, schieße zwei Mal irgendwohin. Dann tritt eine kurze Stille ein. Eine Frau fängt an zu kreischen. Goran kauert hinter dem Wagen, genau wie ich. Es hat ihn offenbar erwischt. Ich rappele mich hoch und sage ihm, er solle sich beeilen.

Er nickt mir zu. Er steht auf. Ich renne los und werfe einen Blick über meine Schulter. Goran schwankt. Seine Beine krümmen sich, seine Knie zittern. Er lässt sich gegen das Auto fallen. Ich drehe um. Ich habe immer noch die rauchende Waffe in der Hand.

»Wo bleibst du denn, Mann?«

Ich ziehe ihn am Kragen. Er presst die Hand gegen seinen Hals und sagt nichts. Ich lege seinen Arm um meine Schulter und versuche, so schnell wie möglich zu gehen. Er zieht die Hand von seinem Hals weg, und das Blut quillt hervor.

»Ist halb so schlimm, Goran, das verarzten wir. Aber jetzt müssen wir erstmal verduften.«

Ich spüre, wie mir die Tränen in die Augen steigen. Ich erkläre ihm tausend Mal, dass es halb so schlimm ist. Er stützt sich mit seinem ganzen Gewicht auf mich. Mein Arm ist schon ganz steif. Passanten kommen uns entgegen, sie weichen uns aus und fangen an zu schreien. Mein Arm gibt nach, Goran sackt zusammen. Ich versuche, ihn wieder aufzurichten, aber ich schaffe es nicht. Ich fasse nach seiner Hand und ziehe ihn hinter mir her, als wäre er eine Puppe aus Beton. Ich bin schon völlig verschmiert von seinem Blut. Die Straße ist ein einziges Geschrei. Ich lasse ihn los. Ich beuge mich über ihn.

»Goran, bleib wo du bist, ich hole das Auto und bringe dich in die Wohnung.«

Er sagt nichts. Sein Gesicht wirkt ganz ruhig, seine Augen sind matt und leer. Ich sehe um mich herum nur noch rot und einen blauen Punkt in der Ferne. Ich stehe auf und schreie:

»Rufen Sie einen Krankenwagen!«

Ein Mann auf der anderen Straßenseite hört mich und läuft davon, als er meine Knarre sieht. Ich kehre zu Goran zurück und höre die Sirenen, zuschlagende Türen, Polizisten, die mich auffordern, meine Waffe fallen zu lassen. Ich fange an zu schreien. Mein Klagen ist ihnen egal, sie brüllen, dass sie schießen, wenn ich nicht die Waffe fallen lasse. Ich werfe die Pistole weg, ich spüre Hände, tausende von Händen, die mich umstoßen, mich zu Boden drücken, Handschellen, die sich um meine Handgelenke schließen. Goran liegt mit offenem Mund neben mir. Die Polizisten fühlen ihm den Puls.

»Nicht anfassen, ihr bringt ihn um. Nicht anfassen, ihr verdammten Huren...«

Zu dritt hocken sie auf meinem Rücken. Ich liege mit dem Gesicht nach unten, meine Fresse wird in den Beton gedrückt. Ich sehe Goran nicht mehr. Ich fange an zu schreien, bis ich die Worte der Polizisten übertöne. Ich werde ersticken. Ich hole tief Luft. Alles verschwimmt, der Regen wird immer stärker, das herabströmende Wasser spült meine Tränen weg und ertränkt meine Schreie.

Nachwort

Die Poesie der Straße
von Thekla Dannenberg

Jérémie Guez war 22 Jahre alt, als sein Debüt mit dem schönen Titel „Paris, die Nacht" 2010 in Frankreich erschien. Der Roman ist der erste Teil eines Triptychons, dem im französischen Original die beiden anderen Pariser Tafelbilder gefolgt sind: der mit dem Prix SNCF ausgezeichnete Boxer-Roman „Balancé dans les cordes" und die Private-Eye-Geschichte „Du vide plein les yeux". Hier bricht sich ein Talent mit ungeheurer Geschwindigkeit Bahn und gewinnt von Jahr zu Jahr an Reife und Könnerschaft.

In seinem virtuosen Genre-Stück „Paris, die Nacht" erzählt Guez von einem Leben, das an sein Ende kommt, bevor es überhaupt angefangen hat. Die Jugend des Autors erkennt man an der unverhohlenen Verehrung für die Klassiker, aber auch an der ungeheuren Energie, an der Wucht und dem Hunger nach Leben, mit denen Guez seinen Helden durch die Stadt und in das Verderben treibt.

Abe, eigentlich Abraham, ist der Ich-Erzähler dieser Geschichte. Als Sohn eines nordafrikanischen Juden in Belleville aufgewachsen, schlägt er sich als Kleingangster und Gelegenheitsdealer durch ein Leben ohne Zukunft, aber mit viel Wut, die sich als Verachtung tarnt. Wut auf seinen apathischen Vater, die untreue Freundin, die privilegierten Studenten aus dem Quartier Latin und natürlich auf die bescheuerten Touristen vor der beknackten Pyramide du Louvre: „Immer wenn mir Touristen über den Weg laufen, habe ich Lust, ihnen ins Gesicht zu spucken."

Was er mit seinem Leben anfangen soll, weiß Abe nicht, nur dass er niemals so werden will wie sein Vater, niemals Regale im Supermarkt einräumen oder beim Pferderennen auf ein bisschen Glück hoffen. Mit und ohne Koks hat er so viel Leben und Verlangen in sich, dass er fast durchdreht. Der Junge brennt von innen. Schon um sich abzureagieren, muss er sich hin und wieder mit den Flics prügeln. Und dann kommt der Moment, von dem er instinktiv spürt, dass er sein Leben für immer verändern wird, der ihm genau jenen Thrill geben wird, auf den er immer gewartet hat. Zusammen mit seinem Freund Nathan entdeckt er im Hinterzimmer eines Wettbüros eine geheime Pokerrunde. Abe ist Feuer und Flamme von der Idee, die Zocker zu überfallen, doch Nathan ist klüger: „Es geht nicht nur um Angst. Wenn es uns gelingt, mit Hilfe von Waffen an Geld zu kommen, wird das unser ganzes Leben verändern. – Aber nein, es wird sich gar nichts ändern, die Polizei wird uns nicht mal suchen. Wir gehen rein und wieder raus, das ist alles. – Abraham, du weißt es nur noch nicht, aber wenn du da heil rauskommst, dann wirst so einen Ständer haben, dass du es wieder tun willst."

Man kann kaum glauben, wie stilsicher Guez seine Gangstergeschichte erzählt, ganz schlank und elegant, mit einem tollen Rhythmus und einem irrsinnigen Gespür für Geschwindigkeit. Mitunter bricht die Gewalt so plötzlich und eruptiv auf, dass man sie nicht einmal kommen sieht. Dann nimmt er wieder das Tempo heraus und lässt seinen verlorenen Helden durch die nächtliche Stadt streifen, durch Goutte d'Or, Barbès und Belleville. An den Lichtern der Großstadt entlang, zu den Käufern und Verkäufern seiner Drogen, zu den jungen hübschen Mädchen, die sich ein bisschen Stoff erschmeicheln, und zu den Drogennutten, zu denen erstere bald werden: „Paris bei Nacht, es ist und bleibt ein göttlicher Anblick, dem man sich nicht entziehen kann, nach dem man sich immer wieder verzehrt."

Wie jeder junge Wolf möchte sich natürlich auch Jérémie Guez vom großen Rudel absetzen. In Interviews gibt er immer wieder zu Protokoll, dass er überhaupt keine französischen Krimi-Autoren lese. Die einzige Ausnahme sei Claude Klotz, den man in Deutschland höchstens als Drehbuch-Autor für Patrice Lecontes Film „Der Mann der Friseuse" oder als Szenaristen für die „Lucky-Luke"-Hefte kennt. Es ist der stets mitschwingende politische Unterton, der Guez an den Autoren des französischen Kriminalromans stört.

Sein Buch diene nicht als Sozialstudie, habe mit der Banlieue nichts zu tun, und Abe sei kein Opfer der Verhältnisse, betont Guez in einem Interview mit „Le concierge masqué“: „Er entscheidet sich selbst für das, was er tut. Das zu begreifen ist wichtig. Nichts zwingt ihn, das zu tun, was er tut. Er schreibt seine eigene Geschichte.“

Doch trotz aller Abgrenzung schreibt Jérémie Guez absolut französische Kriminalromane. Von Beginn an speisten diese sich aus verschiedenen Kraftquellen: Aus der Konkurrenz zu den angelsächsischen natürlich. Aus einer nahezu verrückten Liebe der Franzosen zum Genre, im Kino, Comic oder eben auch im Noir. Und aus der Hingabe zur Republik. Der klassische angelsächsische Detektivroman setzte seit Edgar Allen Poe eher auf private Ermittler, geniale Individualisten und aristokratische Dilettanten. Der Staat ist entweder – wie bei Arthur Conan Doyle, Agatha Christie und Dorothy Sayers – zu unfein, um sich mit Affären von echter Delikatesse zu beschäftigen, oder –

wie bei den amerikanischen Hardboiled-Autoren seit Raymond Chandler und Dashiell Hammett – zu verdorben und korrupt. Das Gravitationszentrum des französischen Kriminalromans ist dagegen der Staatsbeamte. Den Franzosen hat ist das Misstrauen gegenüber dem Staat längst nicht so in Fleisch und Blut übergegangen wie Briten und Amerikanern, sie schreiben Polars, romans policiers, Polizeiromane. Der Kommissar verteidigt nicht Recht und Ordnung, sondern die Republik, und zwar eher von unten. Dabei bringt er meist mehr Herz für die Ganoven auf als für die politischen und ökonomischen Eliten, die sich den Staat zur Beute machen wollen. Den Grundstein für diese sozusagen französische Tradition legte Émile Gaboriau 1863 mit seinen naturalistischen Fortsetzungsromanen um den Inspektor Lecoq, der sich an den realen Eugène François Vidocq anlehnte: Als einstiger Dieb und Abenteurer, Freund von Honoré de Balzac und später Chef der Pariser Polizei war Vidocq von einer Doppelbödigkeit, wie sie so grandios nur die Franzosen hinbekommen.

„In Frankreich haben wir Simenon", gehört zu den berühmten „unverwüstlichen Gemeinplätzen" über den Polar, aber es stimmt natürlich: Mit seinem Pariser Kommissar Maigret setzte der gebürtige Belgier George Simenon den Gegenpart zu den Privatdetektiven von Chandler und Hammett, zu Philip Marlowe und Sam Spade. Der bittere Blick auf die Welt oder den Staat ist dem traditionellen Polar eher fremd. Etwas konservativ in seinem Habitus, ist Maigret von absoluter Integrität und unerschütterlicher Großherzigkeit. Die Romane sind nicht vom Plot getrieben, sie leben von ihren wunderbaren Milieubeschreibungen, vom Atmosphärischen, von der Stadt und von der kristallinen Klarheit des Stils. Auf die Frage, warum er stets nur von Bäumen schreibe, nicht aber von Linden oder

Platanen, hat Simenon geantwortet: „Ich bin Krimischriftsteller, nicht Botaniker."

Von gleicher Menschenfreundlichkeit waren auch die Polars des Jean-Claude Izzo. In seiner mediterran-melancholischen „Marseille-Trilogie" schickt er den Polizisten Fabio Montale durch die wunderschöne, aber schrecklich heruntergekommene Hafenstadt, mit ihren sonnendurchfluteten quartiers und dunklen Spelunken. Auch Daniel Pennacs fröhlich-chaotische Belleville-Saga um den Clan Malaussène war eher kunterbunt als noir, und selbst ein düsterer Roman wie Karim Miskés „Arab Jazz", der ebenso wie „Paris, die Nacht" in den heikel gemischten Milieus der jüdisch-arabischen Stadtviertel spielt, ist weniger noir als black-blanc-beur. Fred Vargas' Romane um den wolkenschaufelnden Kommissar Adamsberg oder die drei arbeitslosen Historiker – genannt die drei Apostel – sind so versponnen, dass für sie die Untergattung des Polar poétique geschaffen wurde. Hier tritt die Polizei an, um die Untaten des Kleinmuts zu bekämpfen.

Aber natürlich hatte auch der französische Kriminalroman seine schwarzen Seiten, nicht zuletzt die berühmte série noire des Verlags Gallimard. Der Surrealist und Anarchist Léo Malet brachte 1943 mit seinem „120 rue de la Gare" den Noir nach Frankreich, der Zeichner Jacques Tardi hat aus dem ersten Roman um Privatdetektiv Nestor Burma einen großartigen Comic geschaffen, ein Meisterwerk eigenen Rechts. Von geradezu kaltem Zorn war die „Schwarze Trilogie". Und immer noch hardboiled, aber weniger bitter erkundete Malet in den „Neuen Geheimnissen" das Paris der Lumpen und Ganoven. Ein Arrondissement nach dem anderen nahm er sich dafür vor, verlor allerdings nach fünfzehn Bänden die Lust an der Serie und schrieb wieder Gedichte.

Jean-Patrick Manchette knüpfte mit seinen Neo-Polars in den Siebzigerjahren an diesen härteren Ton an. Literarisch und theoretisch hoch reflektiert, schrieb Manchette radikal politische Noirs. Als seine Leitsterne muss man sich Chandler, Aragon und Trotzki vorstellen. Gleich in seinem ersten Politthriller „Die Affäre N'Gustro" verhandelte er die (reale) Ermordung des marokkanischen Oppositionspolitikers Ben Barka durch französische Agenten. Aber Manchette mochte auch das reine Genre: In seinem Gangsterroman „Position: Anschlag liegend" erzählt er in superschlanker Prosa von einem Auftragsmörder, der aus dem Metier aussteigen will. Auch wenn er in seinen theoretischen Schriften mitunter etwas extremistisch übers Ziel hinausschoss, gehören seine Essays zum Schönsten und Klügsten, was je über den Noir geschrieben wurde.

Vor allem hat er einer ganzen Generation neuer Autoren den Weg geebnet, die sich allesamt dem gesellschaftskritischen Kriminalroman verschrieben: Die Wirtschaftshistorikerin Dominique Manotti erkundet in Politthrillern wie „Hartes Pflaster", „Letzte Schicht" und „Roter Glamour“ die Abgründe der modernen Ökonomie. Didier Daeninckx betreibt in seinen Romanen historische Verbrechensaufklärung. Er war 1983 einer der Ersten, der mit „Bei Erinnerung Mord“ das fürchterliche Massaker an 200 algerischen Demonstranten mitten in Paris ins politische Gedächtnis rief. Doch auch wenn die Autoren des Neo-Polars Korruption, Verbrechen und überhaupt die Schweinehunde vor allem in den oberen Etagen des Staatsapparats wittern, darf man sie keinesfalls in ein und dieselbe politische Ecke stellen: Zwischen institutionellen Kommunisten, Trotzkisten und Situationisten liegen ideologisch natürlich Kontinente!

Von dieser hochpolitischen Prosa ist Jérémie Guez denkbar weit entfernt. Worin er sich jedoch als urfranzösischer Autor erweist, ist sein Sinn für das Atmosphärische, der sich mit einem sehr realistischen Blick auf das Leben und einem kunstvollen, hoch konzentierten Stil paart. Und was sie alle miteinander verbindet, ist die Bewunderung für die amerikanischen Klassiker. Für Chandler und Hammett natürlich, aber auch für Jim Thompson, David Goodis, Chester Himes und James Ellroy.

Man spürt bei Guez die Faszination für das Virile, das Rohe, das man in Edward Bunkers brutalen Knastromanen ebenso findet wie in Jim Thompsons Erzählungen aus dem korrupten amerikanischen Alltag oder James Ellroys Gewaltpanoramen. Von ihnen hat er das konsequente Erzählen in der ersten Person gelernt. Aber unverkennbar ist auch seine Nähe zu einem weniger nihilistischen Hardboiled-Autor wie Chester Himes, bei dem der kraftvolle Stil mit einem jazzigen Sound und großer Empathie für die Ganoven von Harlem einhergeht. Noirceur kann auch in Frankreich Düsternis und Härte bedeuten, aber selten Pathos, Ironie oder Zynismus.

Auch die Einflüsse von Kino und Comic darf man einem Autor wie Jérémie Guez nicht unterbewerten, wo er doch selbst so mühelos die Grenzen der Kunstformen überspringt und, man glaubt es nicht, mit seinen 26 Jahren auch schon Filmdrehbücher und Comic-Szenarios geschrieben hat. Der Noir war in Frankreich immer auch ein filmisches Genre, lange bevor er ein literarisches wurde. Dabei braucht man gar nicht zu Marcel Carné und Jean Renoir zurückzugehen, die in ihren poetisch-realistischen Großkunstwerken aus den Dreißigerjahren, „Hafen im Nebel“ oder „Bestie Mensch“, dem Alltäglichen und Gewöhnlichen so unglaublich viel Schönheit abgewinnen konnten. Es reichen schon die wunderbaren Thriller der Sechziger- und Siebzigerjahre, die mal unterkühlt und elegant waren wie Louis Malles „Fahrstuhl zum Schafott“, mal milieugetreu wie Jacques Beckers „Wenn es Nacht wird in Paris“, krachend wie die Gangsterfilme von Yves Boisset oder zärtlich wie Alain Corneaus „Wahl der Waffen“, aber immer von einer großen Humanität.

Vor allem muss man Jean-Pierre Melvilles „Samurai“ mitbedenken, der für den jungen Guez auch erklärtermaßen das große Vorbild ist. „Es gibt keine größere Einsamkeit als die eines Samurai, außer vielleicht die eines Tigers im Dschungel“, heißt es zu Beginn des Films, der von einem Auftragsmörder erzählt, der an das Ende seines Weges gelangt. Bei Melville ist alles Sound und Stil. Die Bewegung durch Paris, die stilisierte Männlichkeit und die Poesie, das alles gibt es auch bei Guez, doch sein Abe ist kein Samurai, er ist das Raubtier im Großstadtdschungel. Und während bei Melville absolute Coolness herrscht, ist bei Guez alles Energie, eine vor Jugend und Kraft, vor Wut, Hunger und Verzweiflung strotzende Energie.

Dank

Danke an Yasmine für ihre Hilfe und das nochmalige Lesen des Textes, dem ich wertvolle Hinweise verdanke, an Benjamin, einen der Unterstützer der ersten Stunde, an Jean-Luc Nativelle, weil er mich ermutigt hat zu schreiben, und natürlich an Chad, der alle meine Schreibkrisen geduldig ertragen hat.

Dank auch an meine Eltern, meine Schwester, an meine ganze Familie und in ungeordneter Reihenfolge an: Bruno la Pige, Nono, Le Rat, Pedro, Adil, Arbia, ›The Pimp‹, Cordellier, Yoyo le peintre, Hadi l‘ affranchi und zu guter Letzt an den großen Alejandro Ruggiero.

Hinweis

Personen und Ereignisse in diesem Roman sind frei erfunden, jede Ähnlichkeit mit lebenden Personen oder Personen aus der Vergangenheit wäre rein zufällig, ebenso wie jede Ähnlichkeit mit tatsächlichen Ereignissen.